"列国纪行"系列丛书

生命的清水烧

"列国纪行"系列丛书编委会 编

外语教学与研究出版社
北京

■ 图书在版编目（CIP）数据

生命的清水烧/"列国纪行"系列丛书编委会编. -- 北京：外语教学与研究出版社，2025.4. -- （"列国纪行"系列丛书）. -- ISBN 978-7-5213-6265-7

I. I267.4

中国国家版本馆 CIP 数据核字第 2025GG5215 号

本书部分图片来源：视觉中国

生命的清水烧
SHENGMING DE QINGSHUISHAO

出 版 人	王　芳
项目统筹	钱垂君　王　琳
责任编辑	牛茜茜
助理编辑	刘旭璐
责任校对	刘虹艳
装帧设计	姚雅雯
出版发行	外语教学与研究出版社
社　　址	北京市西三环北路 19 号（100089）
网　　址	https://www.fltrp.com
印　　刷	北京盛通印刷股份有限公司
开　　本	720×1000　1/16
印　　张	14
字　　数	170 千字
版　　次	2025 年 4 月第 1 版
印　　次	2025 年 4 月第 1 次印刷
书　　号	ISBN 978-7-5213-6265-7
定　　价	98.00 元

如有图书采购需求，图书内容或印刷装订等问题，侵权、盗版书籍等线索，请拨打以下电话或关注官方服务号：
客服电话：400 898 7008
官方服务号：微信搜索并关注公众号"外研社官方服务号"
外研社购书网址：https://fltrp.tmall.com

物料号：362650001

"列国纪行"系列丛书

编委会

主　编：王定华　贾文键

编　委（按姓氏笔画排列）：

　　　　丁　浩　王　芳　刘　捷　邹传明　陈明明　尚晓明
　　　　和　静　金利民　金雪涛　赵　杨　柯荣谊　姜　锋
　　　　黄友义　詹福瑞

工委会

主　任：王　芳

副主任：刘　捷　鞠　慧

秘书长：王　琳

委　员（按姓氏笔画排列）：

　　　　王　欢　王海燕　向凤菲　刘旭璐　刘　荣　刘雪梅
　　　　齐力颖　安　琪　许杰然　李彩霞　李　斐　杨雨昕
　　　　杨馨园　吴晓静　迟红蕾　张路路　易　璐　赵　青
　　　　段会香　钱垂君

序言

微观世界，纪行全球

王定华　贾文键

人民友好是国际关系行稳致远的基础，是促进世界和平与发展的不竭动力。民间交往，是普通民众之间的跨文化互动，形式多样，涵盖旅游、留学、艺术交流和公益活动等众多领域。这种交流贴近个体的日常生活，真实而生动，作为国家间交往的重要补充形式，为国家间的理解与合作注入了鲜活的力量。民间交往中的故事往往归属于那些充满生活气息的"微小叙事"，这些故事深情而细腻地聚焦于个体的日常生活与地方性的独特经验，它们或许在表面上显得平凡无奇、微不足道，然而，正是通过这些看似琐碎的细节描绘和真实可感的情境再现，折射出更为广阔的社会风貌、深厚的文化底蕴以及复杂多变的历史变迁，从而成为我们理解世界、感悟人性的重要窗口。这些微小却真实的叙事，揭示了国家关系背后的真实道理，成为增进国际理解与合作的重要纽带。

在全球化和数字化的今天，"微小叙事"价值愈发凸显。它不仅是个体表达的重要方式，更是文化交流、社会理解和国家形象塑造的有力工具。在信息爆炸的时代，这些真实又富有温度的故事，能够跨越文化隔阂，拉近彼此距离，增进相互理解。正是在这样的背景下，"列国纪行"系列丛书应运而生。

"列国纪行"系列丛书记录了近年来一些身份不同、背景各异的中国人在海外的所见、所闻、所思和所感。每一个故事，都分享了一段独特的旅程，讲述了中国人如何与异域文化深度接触与交流，如何在异国他乡奋斗与成长，如何在陌生的土地上扎根，如何与不同文化的人群相处，以及如何在全球化的浪潮中找到自己的坐标。这些丰富多彩的故事，不仅仅是一个个鲜活个人的独特经历与深刻记忆，更是所处时代风云变幻、社会风貌更迭的缩影，它们如同一面面镜子，映照出历史长河中的点点滴滴。这套丛书并非简单的游记汇编，而是意义深远的文化桥梁。一方面，它为国人开辟了一条全新的理解世界的路径。过去，我们常通过新闻报道或学术研究等宏观视角认识世界、了解世界，而这套丛书则将目光聚焦于个体，通过普通人的亲身经历，带领读者走进世界的每一个细微角落，感受街头巷尾的烟火气，触摸历史建筑的沧桑纹理，体会不同社会习俗背后的情感与价值，让世界变得更加鲜活、立体、触手可及。另一方面，它为区域国别研究提供了独特的民间视角。这些真实故事和切身感受，能够以其多样、入微的生活场景和文化现象，为专业研究补充鲜活的感性素材，揭示那些隐藏在数据和报告背后的人文细节，帮助社会各界以更加全面细致、深入透彻的视角观察和理解不同国家和地区。

此外，"列国纪行"系列丛书还肩负着双向沟通的使命。对内，它让中国读者通过这些故事拓宽视野，更加深入地理解世界的多样性，培养全球视野与开放胸怀，消除因地域距离和信息闭塞带来的陌生与隔阂，从而在国际交往中更加自信从容。对外，这些展现普通中国人在海外生活的篇章，向世界传递了中国的声音，展示了中国人民友好、进取、包容的一面，让世界看到一个真实、立体、全面的中国，从而在心灵深处建立起一座座理解与尊重的桥梁，不断增进各国人民之间的相互理解、信任与合作。

北京外国语大学和所属外语教学与研究出版社（外研社）精心组建了"列国纪行"系列丛书编写委员会和工作委员会，确保丛书的高质量呈现。编写委员会汇聚了国内政治、经济、文化、教育、外交等领域的知名专家学者，他们深耕中外交流与海外传播领域，为丛书筛选优质稿件并把控内容方向，确保每一篇文章既能体现独特个体感悟、细腻情感与深邃思考，又能紧密契合当下社会的发展趋势、文化需求以及读者的广泛共鸣，力求在展现个性化的同时，也具备时代性、前瞻性和广泛的社会价值。工作委员会则负责各项工作的全流程落地，从联系作者、接收稿件，到编辑校对、装帧设计，再到印刷发行、宣传推广，力求精准传递文字的思想与情感，真实呈现图片的细节与意境，并通过外研社的广泛发行网络，将这套丛书推向国内外，"既让国人感悟异国风情，又让世界倾听来自中国民间的跨国故事，扩大丛书的国际影响力。

衷心希望"列国纪行"系列丛书成为时代忠实而敏锐的记录者，成为中外交流坚固而宽广的桥梁，成为连接你我与世界无形而强韧的纽带。愿每一位翻开丛书的读者，都能跟随作者的足迹，游历五洲四海，感受世界的脉动，汲取智慧与力量。让我们通过这行行文字和幅幅画面，共享信息，共情感受，共筑梦想，感受文化交融的深意；让中国与世界越走越近，共同创造更加美好的未来。

2025 年 4 月 23 日（世界读书日）

（王定华，北京外国语大学党委书记；

贾文键，北京外国语大学校长）

目录

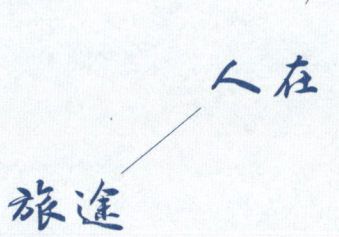

人在旅途

寻访马克思 / 顾之川　3
生命的清水烧 / 龚曙光　8
丝绸之路上的明珠 / 乔鲁京　22
越过南回归线 / 吕强　35
原来你是这样的莫兰迪 / 袁颖　44
塞尔维亚与"中国制造" / 骆怡男　51

生活
在别处

利比亚的炮火与烟花 / 王宝迪　61

骑行哥本哈根 / 许文骏　70

意大利地震历险记 / 王时芬　76

马达加斯加的回忆 / 赵颖星　84

出海印度尼西亚 / 黄颖　94

教育见闻

在肯尼亚的三个片段 / 黄正骊　103

日本的传统与现代 / 李昊光　113

我在美国高中校队打篮球 / 刘敏　123

英语到用时方恨少 / 吕玉兰　137

去印度与泰戈尔隔着岁月相遇 / 蔺雅群　150

故事 / 人物

在蒙古国的蓝海逆袭 / 吴阳煜　161

他们在中亚汽车市场创造神话 / 赵淑荷　173

中东，是沙漠也是绿洲 / 曹宾玲　185

在新西兰做快乐的果园日结工 / 饶鑫　杨雨蒙　196

哈拉雷的能量 / 张丽方　205

人在
旅途

寻访马克思

顾之川[*]

特里尔是我们莱茵河邮轮之旅的最后一站,也是在德国探访的最后一个城市。乘着午后的明媚阳光,导游带我们凭吊马克思故居,游览尼格拉城门(俗称"黑门")、特里尔大教堂、圣母教堂、君士坦丁大殿,漫步皇家花园,观赏特里尔风光。对我来说最大的收获,是不仅瞻仰了马克思故居,还看到了不一样的马克思,更了解到了特里尔的悠久历史和厚重文化。

特里尔在中国人心目中具有特殊的意义,因为这里是伟大革命家和思想家卡尔·马克思的故乡。来到特里尔才知道,实际上这里有两处马克思故居,一是布吕肯街10号,是马克思的出生地;二是离"黑门"800米的西蒙街8号。我们先来到马克思铜像前瞻仰凭吊,雕像是中国政府为纪念马克思诞辰200周年捐赠的,由著名雕塑家、中国美术馆馆长吴为山设计,高5.5米,重约2.3吨。然后我们又到马克思的出生地和他

---

[*] 顾之川,人民教育出版社编审。

/笔者在马克思铜像前

就读过的威廉中学参观游览。

马克思出生地现已辟为马克思博物馆,是一座巴洛克风格的三层灰白色小楼,外墙是淡黄色,门楣窗沿为棕色,窗扉是乳白色,已有近300年历史。马克思的父亲亨利希·马克思是律师,所以楼上住人,楼下是律师事务所。他们搬进这里不久,马克思就出生了。据说因为附近环境嘈杂,在马克思一岁半的时候,他们家就搬到了西蒙街8号。马克思在西蒙街8号的故居度过了他的童年和少年时代,他与燕妮那段青梅竹马的感情也发生于此;直到17岁到波恩上大学时,马克思才离开这里。

现在只是在二楼外墙上挂着一块"马克思故居"的小牌子，一楼是个杂货店，而且是非常廉价的那种。导游说他戴的墨镜就是刚从这里花5欧元买的。我本来也想买点什么留着纪念，但看来看去也没有寻摸到中意的，只好放弃。

马克思博物馆需要另外购票，每人3.5欧元，费用自理。我们趁着自由活动时间进去参观。展览的主题是"从特里尔到世界：卡尔·马克思及其思想影响至今"，有德、英、中三种文字介绍。一楼房间里的大屏幕，有马克思的生平事迹介绍，按照特里尔、波恩、柏林、科隆、巴黎、布鲁塞尔、伦敦的先后顺序，讲述马克思及其家人的故事。

二楼在循环播放一部电视短片，介绍马克思故居的建筑历史。这幢建筑建于1727年。1818年，马克思的父亲租用了这所房子。同年5月5日，马克思诞生在这里。1928年，德国社会民主党把这处房屋从私人手中买来加以修缮。二战期间德国纳粹上台，故居被没收，文物被洗劫一空。战后德国社会民主党又将其收回。直到1947年5月5日，马克思故居被辟为纪念馆而重新开放。1968年，故居由弗里德里希·艾伯特基金会接管。

7号展厅中间有一把纯白色的扶手椅，来自马克思在伦敦的私宅，相传1883年他就是在这把椅子上与世长辞的。三楼主要展示了1939年以来马克思主义的全球化过程。后院是一个小花园，有马克思的半身铜像。

中国人对马克思怀有特别深厚的感情与敬意，据了解每年有超过

10万中国游客前来瞻仰。德国媒体调侃中国人说："不到特里尔，不算到过德国。"走在特里尔街头，常有德国人向你招手或用生硬的中文说"你好"。

特里尔之行，也让我了解到不一样的马克思。马克思在中国具有无与伦比的崇高地位，是伟大的思想家，马克思主义是我们党和国家的指导思想。我当年上学的第一课，就是《毛主席语录》："领导我们事业的核心力量是中国共产党，指导我们思想的理论基础是马克思列宁主义。"但是，在马克思的故乡，一些人对他的评价似乎并不如在中国高，其在学术界的地位也不如康德、黑格尔、尼采、莱布尼茨等。甚至有德国学者认为，正是马克思主义引发的德国工人运动造成了德国在第一次世界大战中战败。1991年苏联解体，东西方结束冷战，柏林的马克思、恩格斯雕像头部多次被人扔到河里。马克思曾学习过的匈牙利皇家大学（现为布达佩斯考文纽斯大学），1920年就建有马克思雕像，2014年被移除。2018年我国政府给特里尔捐赠马克思雕像也是一波三折。因为布吕肯街没有那么大的地方，雕像只能放在西蒙街故居附近的西蒙史蒂夫特广场。广场原本是为纪念拜占庭帝国"隐士"、圣徒西蒙建造的，有人认为马克思雕像属于社会主义现实艺术，与西蒙广场的古典主义风格不协调。特里尔政府不得不提交市议会表决，最终以42票赞成、7票反对、4票弃权的结果通过。

特里尔开埠于公元前16年，是德国最古老的城市之一，历史堪称悠久，文化底蕴极为深厚。早在公元前3000年，这里就有人类繁衍生息，后来逐渐发展为早期基督教中心之一。特里尔还一度成为罗马帝国西部恺撒（副皇帝）的驻节地，有"第二罗马"之称。所以这座仅11多万人口的小城有着丰富的古迹。因为时间关系，我们只参观了几座有代表性的古建筑。"黑门"是古罗马城的北城门，建于公元2世纪，也是特里尔的标志性建筑。随着岁月的侵蚀，那些精美的石刻已经变成黑色，不禁让我联想到前几年参观过的柬埔寨吴哥窟。大教堂建于公元4世纪，是德国境内最古老的主教座堂。君士坦丁大殿建于公元310年前后，是古罗马时期君士坦丁大帝加冕的地方，后被改建为基督教堂。旁边的红色建筑是建于约17世纪的选帝侯宫，旁边有一个巨大的花园。至于公元2世纪建造的古罗马圆形剧场、代表着罗马时代建桥技术最高水平的罗马桥和建于公元4世纪的凯撒浴场，我们就来不及参观了。

生命的清水烧

龚曙光[*]

初见东京

因为要和角川集团合作，受佐藤社长之邀，我前往日本会谈。角川是一家上市公司，在日本出版界地位显赫。除了出版，电影也是其重镇。近年在中国炒得神乎其神的 IP 经济，角川已经搞了几十年。曾经万人空巷的《人证》，还有白领津津乐道的《失乐园》，都是角川出品的。陈凯歌执导的《妖猫传》，也有角川在投钱。佐藤社长曾经问我，中国人信不信杨贵妃东渡日本？我说中国人只信《长恨歌》，白居易说贵妃娘娘早早就死在了马嵬坡。

韩国游戏强，日本漫画牛。作为日系漫画的主力之一，角川旗下有以《月刊少年 Ace》为核心的多种漫画杂志。除去漫画，角川还手握《凉宫春日的忧郁》等大量爆款轻小说。这次与角川洽谈，就是想在中国做漫画和轻小说。

---

[*] 龚曙光，中南传媒首任董事长。

/东京新宿夜晚的街道

中国人去日本，心里难免疙疙瘩瘩。历史虽已翻页，心灵伤口的结痂却一直没有脱落。飞机降在填海修造的成田机场，舱门打开，下机时竟有几分迟疑。我下意识地挺了挺腰杆，然后健步走上廊桥。

大地震后新建的东京，远比想象中混杂。混杂也是一种美，只是有些奇险。除了银座那一片摩登楼宇，看上去与香港中环相似，其他的街市，钢构幕墙的高楼间，夹杂了好些高低参差的砖房。挤密而突兀的建筑，在冲突中彼此妥协，如同日本人灵魂里冲突的理智与浪漫。同是被大地震毁过的城市，里斯本和旧金山，市景则远比东京和谐和纯粹。应该还是人口的原因，日本人多地少，农民又蚂蚁般往东京、大阪几个大城市搬家，弄得东京像个大蚁穴。若说寸土寸金，在东京还真不是个比喻，但凡放得下一张床铺的地方，都见缝插针建了房子，是否环境违和，是否有碍观瞻，市民顾不上，政府也管不了。

东京书展的展馆建在海边，大抵也是某年填海造的建筑。因有海风徐来，远比市中心凉爽舒畅。论规模，论影响，东京书展与法兰克福书展自然不可同日而语，其间的差距，正如中国足球之于西班牙和巴西足球。当然也不是一无是处，日本各家出版社的漫画推广，就比欧洲书展上的推广活动生动有趣。不仅有儿童与少年，还有许多成年编辑装扮成各类漫画人物，与读者即兴演绎漫画里的故事。读者竞相披挂上台，甚至喧宾夺主，将编辑们赶下舞台，自己在上面尽情表演。日本成人对漫画的那份喜爱，在书展上表现得淋漓尽致。

沉郁的日本人

佐藤社长置酒款待，是在一间老式的酒屋。社长指着店前的招牌，说主理的厨师在那一带很有名，如不提前十天半月预订，别想临时插座。酒屋陷在高楼丛中，是幢三层的红砖房子，木质装修。竹篾灯笼，初看黧黑粗糙，用手一摸，竟如丝绸般顺滑细腻。灯笼里透出的光晕，柔和地浮在空中，恰好照见食客的面孔和桌上的菜肴，其余的空间，都笼在淡淡的暗影里。由于隐去了背景，衣着也褪去了明艳，只有人的面部显得突出有型。这种舞台般的灯光设计，突出了客人的表情，使聚餐便于彼此的交流。

在日本，养家糊口是男人的事。女人再贤惠能干，大多也只窝在家里做饭洗衣带孩子。好几个日本朋友的老婆，早年是庆应或早稻田毕业，书读得比老公还好，却并不外出谋事挣钱。男人们累死累活干到下班，便相约到街边的居酒屋，喝到似醉非醉，才跟跟跄跄回家。一般酒屋的灯光，都会柔和迷蒙，以便食客放松心情。多数日本男人的脸上，都能从沧桑中读出生存的压力。

佐藤是个清瘦矮小的老头，尖瘦的脸上沟壑纵横，花白的头发随意蓬起，稀释了脸上的威严。席间偶有说笑，彼此会心地呼应，却不曾开怀放肆。作陪的几位角川高管，脸上一例挂着心思，说不上是对某事不开心，只是心里不轻松。

角川旗下的角川书店，社长叫井上，以出版角川文库和各类轻小说享誉业内。当然他最重要的名头，还是日本出版界的男神。国字脸，剑眉，头发漆黑而蓬乱，一双大眼深幽明亮，闪闪地透着羞涩和浓浓的书卷气。听人说话，一脸的专注，你说到兴奋处，他会适时羞赧一笑，表示听到了心里。照说他应该志得意满，可相处中依旧郁郁寡欢，心事沉重得让你恨不得替他担上几肩。

日本人沉郁压抑的情绪，除了喝酒，并无其他宣泄的出口。有段时间，日本好些企业在写字楼设有拳击馆，让员工把人偶当作上司猛击，以发泄心中的郁闷。这办法也就火了一阵子。一种虚拟的拳打脚踢，并不能真正释放成年人郁结的情绪。于是，更多的日本人转向漫画，一段幽默诙谐的漫画情节，一则美到极致的人性故事，每每能让他们会心一笑，平复冲突的内心。

东京的街头和商场，有许多专卖漫画的门店，卖的大部分是各出版社新近推出的漫画。当然也有长销不衰的经典，如《深夜食堂》。这套漫画曾被引入我国，在白领圈火热了一两年。在东京和京都，我步行考察过漫画门店，有点像中国的报刊亭或烟店，还有湖南新近兴起的槟榔店。客人顺道过来，捡上几本便走，并不过细翻看内容。如同烟民有自己钟爱的品牌，漫迷也有自己迷恋的漫画家，只要是那位漫画家的作品，用不着翻阅内容再做选择。日本人看漫画，大多已经成瘾，那是一种用艺术来调节内在冲突的心瘾。也只有成瘾性商品，才能支撑这遍布街头巷尾的专营门店。

日本人的面子

有一种奇怪的现象：在日本的地铁或快线上，男人大多捧着图书，女人大多捧着手机，人人都看得津津有味，不时扑哧一笑，开心堆满一脸。

男人捧在手上的是漫画书，一看就知道；女人捧着手机看什么，我却看不清。井上笑一笑，说她们就是为了让你看不清，才会捧着手机看。后来我弄明白，女人看的也是漫画，因为内容涉及色情，所以传到手机上，免得别人看见不好意思。

手机漫画的粉丝，主要是家庭妇女，与国内电视剧的收视人群大体重合，但内容却大异其趣。国内有些妇女痴迷的是宫斗，而有些日本妇女则喜欢同性恋的题材。有女人彼此相恋的故事，但主流的是男同性恋。井上打开手机，让我看了几帧，故事的确很美，只是美得惊险，美得畸变。印象中和服木屐、贤德恭顺的日本妇人，如今好上了这一口，这弯拐得有点急，难免让人恍惚和惊异。

　　作为东方最古老的文化形态之一，日本一直在西风东渐的风口上，也在传统心态与现代生活对撞的切要处；加上日本人做人做事追求极致，天性上极理性又极浪漫，心灵始终在两极间晃荡。明治维新其实只是一个起点，这之后的文化坚守与妥协，一直煎熬着日本人。有脏水没泼掉却丢了婴儿的时候，也有学习西方之长却得其短的时候。时至今日，好些事情上，日本人常常找不着北，跟着西方疯跑一阵，有时比西方跑得还疯，直到发现跑过了头，扭过头来再循着传统往回跑。这种折腾无休无止，弄得日本人神疲心累。好在日本人性格坚韧，不论跑过多少冤枉路，西方兴起了，社会变化了，还是会一往无前。或许哪一天，日本女人又丢弃了讲同性恋的手机漫画，穿上和服同你柔声柔气地"沙扬娜拉"，你一点也不要惊讶。在社会和文化变革上，日本人是很知改悔的，即使面子上还绷着撑着，行动上却早已痛改前非。鲁迅先生追忆恩师藤野，也说到了日本人这一表里冲突的特性。托尔斯泰给沙俄皇帝和日本天皇写了一封公开信，开篇便是一句"你改悔吧"，弄得日本群情激愤。可鲁迅先生却发现，"日本报纸上很斥责他（托翁）的不逊，爱国青年也愤然，然而暗地里却早受了他的影响了"。

　　日本人是极好面子的，但大体不会为面子牺牲里子。

樱花与武士

"东京也无非是这样。"这是鲁迅先生当年的评价。如今，我到东京，印象依旧如此。

从地理上说，东京都值得一去的，无非是上野的樱花与江户的幕府。樱花是有花期的，且极短，一年到头只那么几天。若要赶花季，那得费神费力地早做安排。即使赶上了，也是人海胜于花海。在如"绯红的轻云"般的樱花树下，品一点京都的团子，饮几盅江户的清酒，任由绯红的花瓣落满一身。这般浪漫的赏樱，如今已断然没有可能。

我原以为，上野的樱花是白色的。在武汉大学的校园，我赶过几趟花季。那时，赏花人少，学生和先生，上课下课路经树下，并不驻足拍照。苍老遒劲的树枝上，堆满白雪似的花朵，纷纷扬扬地飘落下来，积在地上。我一直以为，准确地说是希望，上野的樱花也是森森然白色的一片。虽说白底上浸一抹绯红，也让人想到鲜血，想到生死，但总觉得少了一份决绝和纯粹。是樱花，就该白得决绝和纯粹，如同一则誓言，一个流尽了最后一滴血的惨白的武士。

在上野，我见到的是一派夏日浓荫。粗壮苍劲的枝干，舒展翠绿的冠盖，老树新枝，原本也是一种令人感动的生命意象。无奈，我对樱花的生命意义已有成见，眼前的另一番美景，很难入眼入心。

本尼迪克特写日本，取名《菊与刀》，当时我不理解，为什么不是樱花与刀？或许，她所见到的，就是上野的樱花，的确不如菊花肃杀与苍凉。菊花在不是花季的深秋，毅然决然地孤独盛开，开得纵情而高傲，一如慷慨赴死的幕府武士。后来我知道，本尼迪克特写日本时，二战尚未结束，她根本没有机会观赏到上野的樱花。

作为一种政治制度，幕府对日本历史影响巨大。伴随着君主立宪体制的确立，这种制度政治上的影响日渐消退，而文化上的影响却日益深远。武士是幕府文化的灵魂。精练击技，铅刀一割，慷慨赴死，只为效忠主人。绝对的忠诚与决绝的牺牲，这种武士精神，对日本军队和企业的影响深入骨髓。尤其是战后，日本企业高速发展，在现代管理制度和传统文化心理冲突中，员工的忠诚与牺牲精神，成为新型企业管理构架的坚固底盘。在日本，一辈子在一家公司、一个工种干到头的，满地都是。老子退了儿子顶，一代接着一代干。

一位早年学历史的朋友，混迹官场多年，早已一脸暮气。然而只要提到春秋战国，提到门客侠士，便两眼一亮，话语慷慨激越，前后判若两人。在他的眼中，宝剑不是一件武器，而是一件乐器；剑道不是一种击技，而是一种表演；赴死不是一种牺牲，而是一种审美。整整的一个战国时代，留得下的，只有一批侠士；值得留下的，只有忠诚与牺牲的审美。可惜的是，门客侠士起于战国而止于战国，侠士精神兴于战国也灭于战国。每言及此，朋友便黯然神伤，沉默着一支接一支地抽烟。

日本的幕府武士，应该来源于春秋战国时代的门客。历经流变，成为日本文化中一种忠诚、牺牲的精神气质，一种慷慨、苍凉的人性审美，一种精于技能、忠于职守的职业态度。

京都的清水烧

京都的文化底蕴，积得很满很厚，满得沿街流淌，厚得随处触碰。虽说满街满巷都是，却都是岁月自然的积存，没有多少人为的堆砌与造作。若说文化浓得化不开，京都倒真是。

京都的寺庙与神社，都不是摆着给游人看的。香客与僧人，各怀一份虔诚，并不受游人的搅扰，也不为游人作秀。僧人不一定道行精深，却也不是临时披袈的假和尚。木鱼青灯、诵经打坐的修炼，还是从脸上身上感受得出的。早年看寅次郎的故事，其中有一个和尚娶了老婆，当时大为不解。后来慢慢知道，日本的宗教派系繁多，汉传佛教和日本的本土佛教，教规千差万别。夫人告诉我，日本的教民比国民还多，好些人同时信几种教，每种教都信得虔诚。

日本的寺庙和神社，大都庄严而不堂皇。不用说比不上欧洲的教堂和修道院，就是与中国的那些名山大庙相比，规制上也难以望其项背。精致而不小气，庄肃而不凌人，香客走进庙堂，如同进了自家的香堂，至多也就是家族的祖庙，没有那种灵魂上的压迫感。即使孩子置身其中，也不会被震慑和惊吓。因为天性上情理冲突，日本人便格外在意灵魂的安妥，尽力弥合灵肉之间的鸿沟。在供奉灵魂的地方，绝不作践肉体；在肉体放纵的场所，也不会辱没灵魂。用美来缝合生存与理想、理智与浪漫，这是日本人的独门秘籍。

花间小路，是条名副其实的小道，石铺的狭窄街道，低矮的木板房子。房子虽有了年份，但说不上多么古旧。道上也有花，却并不花团锦簇，一树一丛，随意地开在房前屋旁，仿佛已经数百年。少了，房子失了生趣；再多，便会喧宾夺主。

各家的店子，门脸都收拾得干净利落，没有突兀的店招，也没有招摇的广告，更没有琳琅满目的货品。店子有茶室、日料、歌舞伎表演等。也有些卖传统工艺品的，陈列都错落有致，店主想卖的产品，你一眼便能发现，用不着看店的老头老太太推销。偶有卖清水烧的，细看货品都不同。同一家窑口，同一位工艺师的作品，不会同时摆进几家店子。

我到世界各地，喜欢找找工艺品，尤其是传统手工的那种。譬如卢塞恩的羊毛刺绣抱枕、台北的大红珊瑚镇纸、佛罗伦萨的玻璃花瓶、赫尔辛基的驯鹿角手杖、卡罗维发利的水晶杯盏……一个民族的文化品相和审美气质，没有比在手工艺品中凝结得更深厚更完美的了。中国是陶瓷大国，我自然不缺这类见识。跑到海外找陶器和瓷器，看似舍近求远，弃精就粗，其实不然。

靠近清水寺那边的几家店子，我都逐一逛过。每个窑口和工艺师，总有一两件值得你走近品赏的作品。无论贵贱，每款只有一件，且都极用心思，没有人愿做重复的一款。我头天买的作品，次日同行去问，没了便是没了,确实不是噱头。传统的手工艺,使劲往精里做,审美却往现代靠,日本文化的积淀,糅在作品里当了灵魂。浓浓的书卷气替代了工匠气,不仅看着入目,久了还颇入心,总觉得工艺师对你说了点什么。作品捧在手里,能想象工艺师怎样面对一团陶泥发呆,苦苦等待灵感,自己与自己较劲。一件作品完成,灵魂才得暂时安宁。也有标价很贵的,折合人民币大几十万,多数的还是价品相当,喜爱的白领买得起

/ 18世纪出产的清水烧

一两款。我带回去的两三款，夫人极喜欢。后来，她到日本研修，周末便跑去清水寺那边淘清水烧。今天一款，明天一款，结果把日方发的津贴，全都花在了清水烧上。

夫人素不恋物，对清水烧喜爱至此，我颇不解。我每回带工艺品回家，她虽喜欢，却还是要数落好些天。我问，何以对清水烧如此出手大方？她的回答令我至今难忘：现代得有底蕴，古拙得有灵性，每一件都美得有灵魂！

文化中的灵魂观照

我去北海道，那时还没拍《非诚勿扰》，不像后来的许多人，是追着葛优和舒淇的后脑勺去的。东京和京都之外，我本想去仙台。虽是小地方，也没有什么特别值得惦记的风物，但毕竟是鲁迅先生求过学的地方。当年留学日本的一众人物，我内心一直神一般敬重的，是鲁迅先生和蔡锷将军。若说中国的脊梁和灵魂，这一文一武的两个人当得起。

导游推荐的，却是北海道。同行的人嘴上不说，心上想的也是。大家随我出访，路上多有照顾，于情于理，我得遂了大家的愿。

我这一辈的人，对于这个日本最大的离岛，其实知之甚少。除了日俄领土之争，不时会将眼光引向这片海域，其余的印象，一是来自电影《追捕》，二是来自那首北海道民歌《拉网小调》。杜丘从东京逃到北海道，一路风光奇绝，那印象至今难忘。至于"咿呀嗨"的拉网调子，将海上的生活和深沉的相思糅为一体，无论吟唱多少遍，心中都会涌起生存的力量和思念的酸楚。两件都是文化极品，不仅造就了人们对陌生土地和浩瀚大海的审美印象，而且激发了对那里的情感向往。可见，文化创意的要害，还是击中灵魂。

团队中的年轻人，冲着的是富良野的薰衣草。夏天不是北海道的风光季。北海道最美的季节，是秋天和冬天。秋天艳得耀眼，冬日素得净心，都美到夺人魂魄。大抵为了填补旅游的淡季，北海道人种了那一片薰衣草。

薰衣草地的周边，也有其他的花畦，然而站在山脚仰望，夺人眼目的，只有那一片紫色的薰衣草，紫得浓稠欲滴，紫得孤独高蹈。紫色原本是一种危险的颜色，浅一分便淡，深一分便暗，且绝对地自我中心，谢绝与其他颜色配伍。薰衣草的紫色，紫得纯正，紫得浓艳，紫得魔幻，紫得强蛮，紫到人的心中，留不下一丝的空白。薰衣草的紫，是一种灵魂的颜色。在法国，我国新疆地区，我都见过薰衣草。新疆辽阔的原野上，自然生长的薰衣草，在耀目的阳光下漫山遍野，摇曳于风中，如同紫色的海浪。那景象，比富良野辽阔、艳丽和浪漫，却不如富良野牵魂动魄，直透心灵。

是因为日本的文化吗？是日本的自然风物，造就了这种文化，造就了这种文化中无所不在的灵魂观照？从川端康成，到东山魁夷，再到村上春树；从歌舞伎，到能乐，再到声优；从清水烧，到电影，再到漫画……日本的艺术与文创，无一不在文化的坚守与蜕变的对撞中，无一不在肉体与灵魂的纠缠中。读日本的作品，观日本的创造，甚至览日本的风光，无论开心还是累心，你都必须往心里去，纵然灵魂安妥片刻，然后又是无休止的纠缠与揪心……

（本文原载于《满世界》，龚曙光著，人民文学出版社 2019 年版。）

丝绸之路上的明珠

乔鲁京[*]

"丝路活化石"布哈拉

2016年深秋,我在乌兹别克斯坦用9天时间奔波近3000公里。回想去过的众多地方,印象最深的还是布哈拉。这座城市人口约莫才30万,却是乌兹别克斯坦的第三大城市。而让布哈拉人感到最骄傲的,还是他们的家园有着近3000年的悠久历史,堪称整个中亚地区最古老的城市,有"丝绸之路活化石"的美称。

还记得车子刚在布哈拉老城停下,我就被眼前高耸入云的卡扬宣礼塔震撼得一边唏嘘,一边举起相机拍个不停。"卡扬"在塔吉克语中意思是"伟大的",这座高塔确实可以用伟大来形容。据我的导游别克佐德介绍,高塔建成于公元1127年。对中国史来说,这一年约略等同于有名的"靖康之变"。北宋南宋交替之际,地表47米高、地下还有深达10米基础的卡扬宣礼塔则成为当时整个中亚地区最高的建筑。

---

[*] 乔鲁京,北京广播电视台导演。

/波依卡扬建筑群

卡扬宣礼塔和旁边的卡扬清真寺，以及米里-阿拉布神学院，共同组成了一片被称为"波依卡扬"的宏大建筑群。在历史上，这片建筑群曾是整个中亚地区的文化教育中心，培育了很多杰出的学者。据说中亚历史上最杰出的科学家伊本·西拿、诗人菲尔多西和鲁达基，都曾在这里刻苦攻读，钻研学问，而他们在中亚乃至整个伊斯兰文明史上的地位类似于西方的牛顿、莎士比亚。直到今天，这座建筑群中的米里-阿拉布神学院，仍然是乌兹别克斯坦最重要的学术教育机构之一，不对外开放。闪亮的蓝色穹顶和周围朴素的砖砌墙壁形成鲜明的对比，引人遐思。高塔旁的卡扬清真寺，则成为每一个到布哈拉旅行的游客必来的景点。穿过高大的拱门，里面是宏阔的庭院，据说最多可以容纳上万人。我到时恰逢旅游淡季，享受了片刻奢侈的宁静。

去乌兹别克斯坦前，我在北京采访了中央民族大学荣誉资深教授胡振华。86岁的胡教授是研究中亚语言文化的权威，也是吉尔吉斯斯坦国家科学院外籍荣誉院士。记得胡老告诉我："在中亚水是很宝贵的，只要是哪里有泉，哪里就能生活。特别是商队，都是靠泉来喝水。"

来到布哈拉，在被波依卡扬建筑群深深折服后，我又沿着老街主干道寻访了老城中心一个数百平方米大小的水池。水池边最为显眼的，除了几株古老但依然挺拔的桑树外，是一组丝路驼队的雕塑，似乎也在暗合这里的名字——"骆驼泉"。地陪导游别克佐德告诉我，关于骆驼泉，布哈拉人有一个美丽的传说：相传很久以前，布哈拉是一片人迹罕至的戈壁。一天，一个游牧部落牵着骆驼经过这里，人们和骆驼都口干舌燥。此时，驼队中一峰年纪最大的骆驼，突然在一个地方驻足不前，使劲刨地。随即，一个泉眼冒了出来，涌出甘甜的泉水。有了泉水，部落决定不再游牧，而围绕着泉水定居下来。慢慢地这里成为丝绸之路上繁华的一座城市，这就是布哈拉，而这眼泉水就是骆驼泉。别克佐德曾在安徽大学留学一年，能说一口还算流畅的中文。他说布哈拉人认为水池的历史太过悠久，已无法考证其修建的年代。但他们深信，是先有了这池水，才有了布哈拉，这池水就是布哈拉生命的源泉。听到这话我心里琢磨，这不就是"先有潭柘寺，后有北京城"的翻版吗？

直到今天，骆驼泉周边仍然是布哈拉古城最热闹繁华的中心地区。在水池旁，我看到一尊阿凡提雕像，当然在乌兹别克斯坦，人们称他为"霍加·纳斯尔丁"，对他也格外尊崇。在雕像的后面，是一座有着三四百年历史的古建筑。大门上的瓷砖装饰格外华美：一对孔雀抱着羊羔，太阳和人脸巧妙地结合在一起，这奇妙的装饰已经成为布哈拉当地旅游业的重要象征。据说在古时候，这儿是一家特别豪华的商队旅馆，现在则是布哈拉传统歌舞的重要演出场所。每天中午，布哈拉歌舞团都会在此为来自世界各地的游客们展示乌兹别克斯坦最原汁原味的传统歌舞。乐声阵阵，舞女们长袖飘摆，曼妙的身影宛若一朵朵盛开的莲花。这舞蹈节拍鲜明，奔腾欢快，伴奏音乐也以打击乐为主，与快速的节奏、刚劲的风格相得益彰。我猜测它多少会承继一些胡旋舞的风韵吧？唐时，胡旋舞被引入中原，在长安、洛阳风靡一时，大诗人白居易甚至还曾专门写诗赞美："左旋右转不知疲，千匝万周无已时。人间物类无可比，奔车轮缓旋风迟。"

沿着丝绸之路，各地交流的不止于歌舞，另一个经典的案例是纺织技术。据说乌兹别克斯坦现在是仅次于中国和印度的世界第三大丝绸生产国。我还记得自己穿行在布哈拉老城区的感觉，那街道便如经纬线一样交错纵横，像是进入了一个迷宫。在布哈拉，贩卖各种不同类型货物的专门集市分门别类遍布在老城区众多的路口。在老城核心的波依卡扬建筑群旁，静静伫立着一座规模宏大、年代久远的集市，这就是布哈拉的丝绸地毯交易中心。

走进大门，我仔细观察，发现这是一座设计有多个穹顶的高大建筑，穹顶之上的天窗设计格外巧妙，在夏天能吸进凉爽的空气，降低室内温度，冬天则可以有效保暖。在这座古老的丝绸地毯交易中心里，陈列着各种色彩斑斓、图案繁复的手工地毯。商家告诉我，最便宜的地毯是用骆驼毛织造的，手感比较粗糙；好一些的则是用羊毛编织的，手感比较轻柔。而最高档的地毯则是用丝绸混合羊毛织就，从色泽上看，就与众不同，微微泛着华美的光泽；触摸上去，手感也格外细腻。热情的老板说，这样一块丝绸羊毛地毯，一平方米需要人民币三四千元。如果客人还不满意，还可以私人定制，不过价钱也就高得令人咋舌。我来的时候正值旅游淡季，因此客人很少。但老板却不着急，用他的话说，每一块丝绸地毯都是独一无二的艺术品，需要有心人慧眼识珠，更需要耐心和缘分。

告别古老的丝绸地毯交易中心，我又来到古城区旁边的雅克城堡，这里堪称布哈拉古老文明的头号象征。这座城堡矗立在一座高高的山岗上，城墙雄伟恢宏，拱门高大庄严，无声地见证着布哈拉的兴衰变迁。现在这里已经被改造成为城市文化博物馆。步入城门，我先来到王位大殿，大殿内陈列有各种古籍手抄本、工艺品、古钱币、旧兵器等文物。博物馆负责人向我介绍说，在历史上，布哈拉的历代统治者都曾经居住在雅克城堡里。我又经过他的批准，进入了城堡里还没有向游客开放的大片区域。

我仍记得在那个秋高气爽的正午，自己站在未开放区的城墙上俯瞰时的情景。极远处的泽拉夫尚河三角洲隐隐可见，稍近些的沙赫库德运河穿城而过，近前的布哈拉老城区一览无余。据说布哈拉的城市设计和建筑对中亚地区的许多城市规划都产生了广泛影响，而它也是中亚地区现存最完美无缺的中世纪城市典范。雉堞危峻，衰草茫茫，登临其上，让人不禁抚墙感慨，布哈拉确是丝绸之路上极璀璨的一颗明珠。

"金桃之乡"撒马尔罕

美国汉学家薛爱华的名著《撒马尔罕的金桃：唐代舶来品研究》早已翻译成中文出版。中译本第一版出版时改了一个很平实的名字——《唐代的外来文明》，作者的名字也音译为谢弗。记得翻译者吴玉贵先生曾说："因为那时国内读者对这本书的了解也很少，不改名的话，读者走进书店看见《撒马尔罕的金桃》，会误以为是小说。"薛爱华以丝路名城撒马尔罕出产的金桃，作为盛唐外来文明的象征。我们从中也可见这座中亚古城的富庶与丰饶。

历史学者们经过考证，确认撒马尔罕就是《旧唐书》《唐会要》等古籍记载的"康国"，这里也是中古时代往来于丝绸之路上最主要的商人——粟特人的大本营。据说此地当年四方商贾云集，各种文化相互交融，是东去中国、西至阿拉伯地区、南下印度、北上欧亚大草原的必经之地，素来被称为"文明交汇的十字路口"。故而2001年，撒马尔罕被联合国教科文组织列入世界遗产时，使用的英文名称就是"Samarkand—Crossroad of Cultures"。由此可见"各种文明交汇的十字路口"是国际社会对这座古城的共同认知。

位于撒马尔罕城中心的雷吉斯坦广场，是整个中亚地区最著名的人文景观。地陪别克佐德告诉我，"雷吉斯坦"是塔吉克语，意思是"沙地"。整个广场坐北朝南，东、西、北三面都有高大宏伟的建筑，围合出来的广场600年来一直都是撒马尔罕最繁华的所在。

广场西侧的建筑叫"乌鲁伯格"，落成于公元1420年。历史上这里曾是一所学校，学者们在此教授数学、天文学和哲学知识，是继布哈拉的"波依卡扬"后，中亚地区又一个重要的教育中心。广场东侧的建筑叫"舒尔-多尔"，完工于1636年，最让人侧目的是入口拱门上装饰着一对长着翅膀的老虎，它们现在也成为乌兹别克斯坦文化和旅游业的重要象征。广场北侧的建筑叫"提拉-高利"，落成于1660年，走进这座建筑高大的拱门，会发现里面是一座景色宜人的花园式庭院，庭院左侧的建筑从外表看没什么特殊之处，但走进去才会发现格外富丽堂皇，以金色为主色调的装饰错综复杂，见证着当年撒马尔罕的富庶繁华，也看得我目眩神迷。

如今在广场南侧，当地政府又建起了一座观景平台。夜色降临，灯光亮起，雷吉斯坦广场变得越发璀璨夺目，让人由衷赞美这"沙地广场"确实是古老丝路上最华美的奇观。

撒马尔罕和布哈拉一样，同属中亚最古老的城市。据考证，2500多年前，撒马尔罕已是一座繁华的大都会了。公元前329年，来自希腊世界的亚历山大大帝曾率军攻陷此城。相传，这位建立人类史上第一个横跨欧亚非三大洲大帝国的君主，望着眼前的撒马尔罕说："看来，关于撒马尔罕，我听说过的一切都是真实的，只是它比我想象的还要更漂亮。"

星汉西流，撒马尔罕在过往2500余年里几经兴废，形成了阿芙罗赛义卜、老城区、新城区等几个区域。其中的阿芙罗赛义卜堪称撒马尔罕最古老的城区,从公元前5世纪一直使用到13世纪初。虽然今天的阿芙罗赛义卜只是一片占地约莫两平方公里的废墟,但这里可是世界著名的考古遗址。多年来,联合国教科文组织一直派出考古队,在此进行田野发掘,出土了大量珍贵文物。其中大多数文物现在就存放在废墟旁的阿芙罗赛义卜博物馆里。

博物馆中,不仅展示有亚历山大大帝时代的钱币,还有粟特人特有的安放死者遗骸的纳骨匣。当然最让人击节叹赏的,是博物馆一层正中央的壁画大厅,陈列着一组距今约1400年的粟特宫廷壁画。特别是其中有一幅展现唐代贵族生活的壁画,画的是一名唐代贵妇正在众人的簇拥下泛舟湖上。曾有学者认为,这名贵妇就是武则天,当时来自中亚的使节在长安见到了她,回到撒马尔罕后用壁画记录下她的神采。正是这

/ 唐代贵妇泛舟壁画

组举世无双的壁画，让阿芙罗赛义卜博物馆名声在外，成为研究中亚艺术的圣地。

在撒马尔罕，我没有找到类似布哈拉骆驼泉的景致，不过老城中心的一条步行街让我逗留许久。虽然路面现在已修整一新，但我的导游说这条街就是昔日丝绸之路穿过撒马尔罕时的主干道。当年，街头商旅云集，驼铃阵阵，格外热闹，撒马尔罕也因丝绸之路盛极一时。街旁，是穹顶高达41米的比比哈努姆大清真寺。38米高的清真寺大门外，便是名声赫赫的撒马尔罕大巴扎了。

巴扎的意思是集市、农贸市场。乌兹别克斯坦人特别重视商业，素来有经商的传统，巴扎就是他们长期从事商贸活动的场所。撒马尔罕的大巴扎规模巨大，在整个乌兹别克斯坦都数一数二。

走进巴扎大门，眼前是一排排棚架，售卖各色粮食、果干、水果和蔬菜的摊贩们井然有序，此起彼伏的叫卖声不绝于耳。乌兹别克斯坦人的主食是馕，这里刚出炉的烤馕热气腾腾，每一个都有一公斤之重，而售价仅约人民币五元。新鲜的烤馕放冷后，可以保存半个月之久，是当地人长途旅行必备的主食。

更让人垂涎欲滴的是各色果干、水果和蔬菜。乌兹别克斯坦四季分明，土壤肥沃，年均320个晴天的高光照率，为果蔬种植创造了绝佳环境。这里的蔬菜水果品相、味道俱佳，价钱也相对平稳，一公斤上等葡萄干售价仅大约三四十元人民币。近年来，乌兹别克斯坦果蔬产品出口呈现出快速增长趋势。有数据显示，在杏、李子、石榴、葡萄等果蔬产品出口方面，乌兹别克斯坦已跻身世界十大出口国行列。撒马尔罕大巴扎，正是当地物阜民丰的一个缩影。

遥想 1300 年前，撒马尔罕出产的金桃曾迷倒了多少五陵公子、长安少年，不过它的口味如何，后人已无从知晓，但正如薛爱华在《撒马尔罕的金桃》一书中所说："……这种水果已经部分地成了一种玄虚神妙的实体。它们仅存的真实的生命是文学的和隐喻的生命。简而言之，与其说它们属于物质世界，倒不如说它们属于精神世界。"

"贰师"遗迹明铁佩

因墓葬被考古学家发现，汉废帝、海昏侯刘贺在 2016 年成为市井皆知的人物。其实翻阅史书，关于刘贺的记载和他的父亲昌邑哀王刘髆一样少得可怜，反倒是刘贺的奶奶李夫人、舅爷李广利鼎鼎有名。《汉书》中说："李广利，女弟李夫人有宠于上，产昌邑哀王。太初元年，以广利为贰师将军，发属国六千骑及郡国恶少年数万人以往，期至贰师城取善马，故号贰师将军。"为获取汗血宝马，也为了让小舅子建功立业，2100 多年前，汉武帝派李广利远征西域大宛国，兵锋直指贰师城。大抵"贰师"与"奥什"谐音之故，今人多认定贰师地望在吉尔吉斯斯坦的第二大城市奥什。

2016 年深秋某日，我来到乌兹别克斯坦的安集延州首府安集延市，此地距离奥什只有约莫半小时车程，可惜当今的国境线阻隔了前行的脚步。遗憾之余，我动身去安集延州的马哈马特县，寻访一座叫做"明铁

/ 明铁佩古城遗址

"佩"的古城遗址,因为这座古城据说也是大宛国的一处重要都会遗址。当我抵达明铁佩时,来自中国社会科学院考古研究所的工作人员,正和乌方工作人员一道,对古城遗址进行发掘。事实上从 2012 年起,中国社会科学院考古研究所就和乌兹别克斯坦科学院考古研究所展开合作,对明铁佩展开发掘。这也是中国国家级考古队伍第一次走出国门,在国外田野展开考古工作。

我和中乌联合考古队中方执行领队、中国社科院考古所研究员朱岩石相识多年,不过能在异国边陲相见,还是感觉格外开心。站在明铁佩古城高大的西城门遗址上,听朱先生一如既往平静的叙述,却能感受到这次他内心里有掩盖不住的兴奋。他告诉我,我们脚下的城墙只是内城,而通过持续数年考古勘探和发掘,他和伙伴们刚刚成功发现了明铁佩的外城。尤其可观的是外城四面城墙大体可以复原围合，由此使得明铁佩古城的面积从40万平方米一举扩大到273万平方米，从而成为公元前后费尔干纳盆地里面积最大的城址。

不过朱先生的结论还是比较谨慎，他一再对我表示："明铁佩兴盛于公元前1世纪，在公元三四世纪衰落。它的活跃期和西汉同时，应该与中国历史文献中记载的大宛国有密切的关系。"反倒是中乌联合考古队乌方执行领队、乌兹别克斯坦科学院考古所主任马特巴巴耶夫话说得格外痛快豪爽："明铁佩是丝绸之路上的重要交通枢纽。通过这几年的发掘，我们确认明铁佩就是贰师城！"

《史记·大宛列传》记载，张骞第一次出使西域时，曾和随从一路向西，最终翻过葱岭，也就是今天的帕米尔高原，到达了地处中亚费尔干纳盆地的大宛。而大宛也由此成为张骞抵达的第一个西域国家。如今的明铁佩古城里，遍植果木，一片田园牧歌的怡人风景。恍然之间，不禁畅想，当年张骞曾见到的西域大宛国，是不是就是我眼前的这样一番景象。

记得有考古队员告诉我，在乌兹别克语中，"明铁佩"的意思是"很多的小山丘"。可惜苏联时代的垦荒夷平了许多山丘，古城内如今只剩下两座规模较大的夯土丘陵。我登上其中最高的丘陵，顺着考古队员指引的方向眺望，据说3公里外就是乌兹别克斯坦和吉尔吉斯斯坦的国境线，隐约可以看到更远处费尔干纳盆地边缘的山脉。也许当年持节的张骞就是从其中某个山口走来，也许稍后的李广利和他率领的"六千骑及郡国恶少年数万人"也从那个山口气势汹汹地奔来，也许汗血宝马就从我脚下的明铁佩古城出发，穿过那个山口，一路向东，远赴长安……

　　明铁佩、奥什，谁才是真正的"贰师"？对于中国人来说，因为这片土地和张骞、李广利有关，所以显得这个问题格外有魅力，尽管也许永远没有确切的答案。告别明铁佩，离开安集延，心头还惦念未来有朝一日去奥什的我，更感慨的是即使没有张骞、李广利来过，这仍是一片神奇的土地。不是吗？1483年巴布尔就在这里降生，是他开创了统治印度次大陆300多年的莫卧儿帝国。也是在这里，矗立着中亚地区最神圣的苏莱曼圣山。每一方水土都养育一方百姓，也都拥有属于自己的寻常故事与英雄传奇。

越过南回归线

吕强[*]

我在司机的祈祷声中穿过无人区,越过南回归线,攀上"最美沙丘",挺进死亡谷,最终抵达纳米比亚的首都温得和克。这个和我同龄的国家,惨烈的苦难曾遭隐没,屈辱的历史烙印滚烫。探险之余,览胜之后,一些反思应该继续,一些记忆不该遗忘。

纳米比亚是我驻非洲期间抵达的最后一个非洲国度。在这里匆忙游览了5日,很多惊奇,很多"之最"。8000万年的红色温柔、死亡之名的绝地探险、触手可及的苍穹星空……作为撒哈拉以南非洲最干旱的国度之一,纳米比亚理应用贫瘠、荒凉来形容,但它竟在古老的沙漠中幻化出惊艳的图腾,使荒瘠的绝境生发出壮美与不朽的气质。

越过南回归线,星辰可及

我的司机伊萨克,清瘦精神,留着胡茬儿,头发短到可以忽略,黝

---

[*] 吕强,人民日报原驻非洲记者、旅行作家、主持人、摄影师。

黑的皮肤被阳光照得发亮。他看上去也就 30 岁出头，其实已经 40 多岁了，有两个儿子。虽然他已经在当地一家中国旅行社工作 8 年，但接待我这个"一人团"还是很兴奋。受新冠疫情影响，他们已经很久没成团了，我的到来是他们近几个月来难得的"开张"。

一声"阿门"开启我们的征程。伊萨克希望赶在日落之前带我看到"最美沙丘"的最美时刻，这需要踩紧油门在 4 小时内抵达。目的地在沙漠腹地，路途干燥、艰险，易发生磕碰。他祈求上帝保佑，车载音乐都是圣歌哼唱。

一路上，车外纵是尘土飞扬加小龙卷风，车内也仿佛净土。我们路过荒凉戈壁、石头山丘、灌木草原，看到路旁"留守"的骆驼刺树，成群的鸵鸟、斑马、角马、跳羚在赛跑……路线曲直兼具，行经之地被叫做无人区，少了人类干扰，满眼荒芜又尽是生机。途中路过的唯一房屋是新盖的度假村，外观装饰简洁，老板是中国人，待疫情过去就开业。

我们在一块贴满各式标志的路牌旁停下车，牌子上写着"Tropic of Capricorn"（南回归线，直译是"摩羯座的回归线"）。这个名字在公元前几个世纪就已存在，当时太阳在直射到地球最南点（即冬至点）时位于黄道十二宫的摩羯座内，如今太阳直射该点时已位于射手座内，但南回归线的名字沿用至今。路牌如今也不在准确的南回归线上（准确的点位在其北部），但丝毫不妨碍人们来此"打卡"，贴上越野车队的车贴，刻上自己的姓名，证明"我们来过"，角落还有中文贴纸"越玩越野"。

天色渐暗，日光倾斜，秋日的黄昏让路旁的野草充满绒毛质感，几头剑羚游荡其间，甚至无所顾忌地横穿道路，我们只能停车观赏它们的"走秀"。

一路奔波，我们终于赶在太阳落山前抵达了45号沙丘。它并不是第45座沙丘，而是位于距离纳米布-诺克卢福国家公园大门"塞斯瑞姆门"45公里处。这里的黄昏可以持续到晚上7点多。170多米高的沙丘拔地而起，暮光下，著名的S形线条清晰硬朗，配上几株卧倒的枯木，成为红沙漠最显著的标记。中国游客早已将它称为"地球最美沙丘"。

红色是沙子年长的标志，年岁至少从500万年算起。沙砾中的铁元素被缓慢氧化，掺杂矿石晶体，颜色越鲜红，意味着越古老。纳米布沙漠形成于约5500万至8000万年前，而撒哈拉沙漠也不过250万年。

夜晚，我住进一个"非洲村庄"——茅草屋样式的户外酒店。纳米布沙漠中的纳米布兰德自然保护区的星空是国际黑暗天空协会评定的黄

/ 红色沙漠里的枯木

金级暗夜保护区，光污染极少，可以同时看到 40 多个南天星座（位于赤道以南的星座，多数在南半球才能观测）。

月亮落得早，凌晨 1 点的夜空银河璀璨，美如仙境。星座定位应用告诉我，我头顶着半人马座、南十字座、天燕座、船底座、飞鱼座、猎户座……先人天马行空的想象让星斗在人间有了名字，而我也是第一次认真地辨认它们。漫天星辰是城市文明的奢望，而此处却可贪婪地享受"手可摘星辰"。

挺进死亡谷

索苏斯盐沼（Sossusvlei）位于纳米布-诺克卢福国家公园南部。名字前半部分 sossus 来自本土纳马语，意为"不归路"；后半部分 vlei 来自外来的南非荷兰语，意为"沼泽"。混搭的名字恰好对应此地两种地貌，特萨查布河大约每 10 年泛滥一次，能淹没沙丘，使这里变成沼泽，但大多数时间是荒凉幽寂的干旱盐地。

一路坑洼，车颠得厉害。望着眼前炙烤通红的荒漠，仿佛所有希望都蒸发殆尽。而我下一站的地名听上去也有些恐怖——死亡谷。下车后，我背着摄影器材，深一脚浅一脚地在沙里蹀行，途经干涸的河床，踩上去咯吱作响。纳米布沙漠里生长着纳米比亚国徽上的植物——千岁兰（又名"百岁兰"）。这种土生的巨大植物的叶子杂乱而慵懒地摊在荒漠上，它们一生只长两片真叶，却是唯一永不落叶的植物，寿命可高达 2000 岁。

大约走了一个小时，又越过一座沙丘后，眼前一片开阔。白色的盐渍土地被高耸的红色沙丘围住，其中大老爹沙丘最高，有320多米。几十株干枯如炭、或立或倒的骆驼刺树应和着"死亡"之名的悲凉。约900年前一场严重的旱灾，让沙丘移向这里，阻断了特萨查布河流入，地下水被消耗一空，草木失去了维系生存的根本，生命最后的造型被定格，供游人围观这场悲剧。

我用无人机在空中俯瞰，发现一条裂痕从边缘向中央渗入，同样铁锈赤红，如健壮根系。植物的根死了，大地却临摹了一幅生长的形状，仿佛在致敬这份不朽。

走出死亡谷，伊萨克又带我去了塞斯瑞姆峡谷。这座由特萨查布河塑造的峡谷，峭壁上镶着贝壳的化石，居然是一个常年有水的地方。有人在水边野餐，有人在狭长的谷道中游泳，和大漠图景格格不入。我不禁感叹自然造化的神奇。

前往温得和克的路上，植被渐渐多了起来。沿盘山小道蜿蜒折回后，我们开上了平整公路，货车、村庄、路标悉数路过。待攀爬到海拔1600米之后回望发现，跋涉过的沙漠竟显粉红。

和我同龄的国家

游客一般只会把温得和克当作中转或休整之地，毕竟在符合非洲印象的壮阔景象面前，这座城市略显平平无奇，但它依然拥有值得自傲的标签：非洲最干净的花园首都。

小山头上的基督教堂历史超过百年，造型并不出众，新哥特式尖塔、红色屋顶、砂岩墙面，是温得和克难得拿得出手的地标。议会花园、国家博物馆、独立纪念馆坐落在教堂周围。

纳米比亚第一任总统萨姆·努乔马的巨型站立雕像矗立在独立纪念馆前，手中拿着一本宪法。通过玻璃外墙的直梯进入纪念馆内部，可从"殖民镇压""解放战争""独立之路"三个部分了解纳米比亚的历史。

第一个日期，1904年10月2日，标刻在一个洞穴式的房间里，墙上的浮雕是被悬挂绞死的人、被铁链捆绑的骨瘦如柴的躯体、堆积如山的尸骨……一位德国军官的头像被画在这个日期之下，他是洛塔·冯·特罗塔，曾担任东亚远征军的旅长，在中国镇压过义和团运动，之后被任命为德属西南非洲总督和殖民军总司令，负责镇压赫雷罗人的反抗。1904年10月2日，他下令军队三面包围赫雷罗人，用机枪无差别扫射民众，逼他们向沙漠逃亡，甚至向水源下毒，目的很明确：用种族灭绝的方式终止一切抗争。1904—1908年，德国殖民者在西南非洲的镇压和屠杀导致约80%（6.5万）赫雷罗人丧生，至少一半（1万）纳马人丧生，这是20世纪人类最早的种族灭绝行动之一。集中营、种族实验、纳粹优生学研究……这些在二战中臭名昭著的事物，都曾在这里预演过。1985年联合国将此屠杀认定为种族灭绝，1999年沙漠中的大型万人坑被发现。这场被选择性遗忘的屠杀直到2021年5月28日才被德国政府正式承认。德国人道了歉，并给予11亿欧元"捐助"，他们仍不愿使用"赔偿"这个词。

第二个日期，1978 年 5 月 4 日，是卡辛加大屠杀发生的日子。纪念馆用整面墙描绘了战火中人们如在人间炼狱的痛苦表情，画面中央是一位母亲抱着孩子拼命呼喊，还有一颗炸弹形状的雕塑里"藏着"受难的人群。这一天，南非防卫军空袭了位于安哥拉卡辛加的纳米比亚西南非洲人民组织的难民营，不到 4 小时的轰炸致约 600 人丧生，其中大多是妇女和儿童。

第三个日期，1990 年 3 月 21 日，是纳米比亚独立日。纳米比亚是非洲最后一个摆脱殖民统治的国家，馆里有很多带着联合国标识的展品，体现了联合国在帮助纳米比亚实现独立过程中所发挥的维护国际秩序的典范作用。这个新生的国家和我同龄。

三个日期串起这个国家 100 多年来的惨痛过往和自主独立历程。后来我得知，目前纳米比亚最大的两个游客来源国就是德国和南非——曾经的两个殖民宗主国。不知道这两个国家游客的行程里会不会有独立纪念馆。

走出独立纪念馆，一旁是温得和克最古老的建筑——曾作为德军指挥部的老堡垒。门前矗立着种族灭绝纪念雕塑，前有一行文字：Their Blood Waters our Freedom（他们的鲜血浇灌我们的自由）。如今老堡垒铁门紧闭，过道摆放着几辆残破的马车，铁门上的英文告示说"老堡垒关闭，请等待进一步通知"。不知何时起，告示中的 further（进一步）被手写划掉，改为 forever（永远）。教堂的整点钟声响起，三个来自德国的青铜钟被敲响，钟上分别用德语刻着"上帝无上的荣耀""地球上的和平""对人的善意"。

我的午餐是在温得和克最著名的餐厅吃的，餐厅叫"乔的啤酒屋"。创始人乔是蓝带大厨，30多年前从德国来纳米比亚参加婚礼，经历一番自称为"伟大的逃生"的旅程后决定留在这里开餐厅。他把在"逃生"中收集来的、被称为"垃圾"的东西装饰在餐厅各个角落，营造出独特的风格。餐厅几经易主，装修被原样保留，店内循环播放着非洲节拍的音乐。我按推荐点了德式大猪肘、生蚝和啤酒。因为这个国家缺水，有人调侃纳米比亚人喝的德国啤酒比水还多。

市中心商业区突兀地露天摆放着30多块陨石碎片，陨石是1836年被发现的，形成时间可能在40亿年前，推测是1.3万—3万年前穿越大气层坠落的。纳米比亚国家画廊就在附近，主题为"你的故事是什么？"的展览中，防护服、口罩、病毒等元素反复出现，色彩大胆，独具非洲特色。还有几幅非洲平民艺术家创作的《我不能呼吸》讽刺作品，特意引用了美国女作家丽贝卡·索尔尼特的语句："能够用文字或图像讲述自己的故事，已经是一种胜利，更是一种反抗。"

我打车赶往城市的制高点等待日落。这是个名叫"三圈"的山头，三圈水泥围栏绘满涂鸦，酒瓶碎片被清扫到墙角。一对情侣早已占据最佳观赏点，在夕阳余晖中打情骂俏。落日沉下，最后的光沉入远山、楼宇、街道。

／在温得和克制高点"三圈"等待日落

夜幕降临。温得和克不大，我索性走路回酒店。晚上大摇大摆地在街上行走，让人相信这是非洲难得安全的城市。

（本文原载于《尼罗河开始流淌》，吕强著，中国工人出版社 2024 年版。）

原来你是这样的莫兰迪

袁颖[*]

    4月的博洛尼亚，清凉不燥。这座早在11世纪就繁荣起来的意大利城市，有世界上最古老的大学，有至今保存完好的古城，有延绵全城的拱廊奇观，有一些闪耀在人类群星史上的名字：但丁、彼得拉克、哥白尼、莫兰迪……此刻的我们，正去往莫兰迪美术馆，开启一段新奇的寻访——走进乔治·莫兰迪的家乡，走在他曾经散步的街道，走近他昨日的世界。是的，这一次，我们为莫兰迪而来。

    跟与他邻城而居、在佛罗伦萨用鸡蛋征服文艺复兴的全才达·芬奇相比，莫兰迪显得默默无闻，既没有可以名垂艺术史、令人耳熟能详的代表作，也很难被简单归入哪个流派。反而是近年来以"莫兰迪色"为噱头和卖点的影视剧、眼影盘、文具，才让世人重新将目光投射向这位藏匿进时光的艺术家。虽然"莫兰迪色"和莫兰迪并无关系——那不过是互联网创造的数字化色谱，但莫兰迪将天然颜料混合后自制颜料的做

---

[*] 袁颖，天津教育出版社编辑室主任。

/ 博洛尼亚街景

  法，还是让"莫兰迪色"发酵成其个人标签式的独特用色，那些饱和度不高的色彩组合尽显高级，散发出抚慰人心的柔和感。

  莫兰迪美术馆是博洛尼亚现代艺术博物馆的一部分，我们到达时另有一个现代艺术展同时开展。我们匆匆走过摊放在地板上的前卫装置和无声却热闹的大屏，蹩进莫兰迪作品展厅，随即走入一派宁静。两个展厅的对比，像极了莫兰迪生活的年代：疯癫的现代艺术正盛行，而莫兰迪却偏安一隅，在失衡的世界中沉默地维持自我修正。

  狭长的展厅里收藏着莫兰迪各个时期的油画、版画和水彩作品。放眼望去，元素几乎全是各类瓶瓶罐罐，乍看之下让我误以为置身一场大型"找不同"游戏。我轻声抱怨:"要是有懂艺术的人给我讲讲就好了。"身边友人不露声色回应我:"你看到的是什么,就是什么。"这句话似与"听君一席话,如听一席话"有异曲同工之妙,让我差点儿笑出声来。

因一路暴走而心浮气躁的我努力静下心来,慢慢走过那些画着瓶子、贝壳、花卉、风景的作品。莫兰迪一头扎进艺术的怀抱,始于他17岁时进入由卡拉奇三兄弟创建的博洛尼亚美术学院。他醉心学画直到23岁毕业,其间遭遇父母双亡。作为长子的他肩负起养家重任,用教孩子画画的收入照顾三个妹妹。"一战"爆发后,莫兰迪曾短暂地去服兵役,但没过多久便因病退伍。他在25岁那年重返家乡,后来回到博洛尼亚美术学院担任版画教师,从此再也没有离开博洛尼亚。

如果说从少年时期起莫兰迪就少言寡语,那么他可真是内向了一辈子。意大利的海那么蓝,花那么红,对他无甚吸引力;意大利人的爱与恨都浓墨重彩,亦与他格格不入。莫兰迪深居简出,不社交、不应酬,与一切跌宕起伏、新鲜喧闹绝缘,近乎苦行僧一般待在自己的工作室里,终日摆弄瓶瓶罐罐——是的,当大多数人向着命运亦步亦趋,莫兰迪却在冷静地观察瓶子。"莫兰迪的瓶子"在莫兰迪的作品中返璞归真到只有简单的形状,只凭高低错落演绎出节奏。莫兰迪会近乎偏执地花上好几周时间,才决定用哪组瓶子搭配哪种桌布。他不喜欢高强度的反光,就把玻璃瓶子里里外外用颜料覆盖上,营造出亚光效果;再特意让上面落满灰尘,以营造"使用感"。他不停地画——从不同角度、以不

/ 莫兰迪的画作

同摆放方式来画。那些貌似无意识的摆放，反映出一种无限重复中获得的精确性；那种对位置、角度、高度、大小、光线、色彩的细微雕琢，全是长久思忖后的最佳结果。莫兰迪"很慢"，他说："如果摆放距离出错，或许是因为太快了。"如果你质疑每幅作品都差不多，那一定得不到解释——莫兰迪习惯不解释，只会默默延续热爱。

莫兰迪早期的景物作品构图紧凑，但随着年代推移，可以感受到画作中逐渐释放出的空气感与呼吸感。我渐渐平复，不再急于探索主题，也不再因为不懂而不安。我慢下来，在画面中仔细辨认那些因为加入灰白两色调和，而让浓厚艳丽的颜色呈现出低饱和度的杏白、鹅黄、酒红、雾霾蓝、石英粉、橄榄绿、丁香紫、焦糖棕，感受那种泛着石灰般哑光质感的高级气息。莫兰迪画笔下插在瓶子里的小花随性可爱——与绘画鲜花的其他画家不同，莫兰迪从不用鲜花做描摹，而是使用干花，并永远试图改变色彩的强度，令其更加柔和。他甚至要令花卉蒙尘，以制服那些强烈的原始色彩，强制"莫兰迪化"。那些从瓶子里探出头来的小小的花因而愈发朴实真诚，散发出画者对日常生活的专注与钻研，表达出比美丽更发人深省的寓意。

　　莫兰迪的水彩风景画亦很简洁。他曾经说过，要用词语表达对这个世界的感觉是极其困难的。这也许就是他一生沉默作画的缘由：图像或许没有词汇精准，却远比词汇传达得更多。莫兰迪一辈子很少出门，绘画素材并不丰富。别人出去写生，他当纯粹宅男；别人通过窗户吹风，他通过窗户采风。他的风景作品反复描摹的场景之一，是他从自家卧室窗户看出去的景色——不同季节、不同时间、不同风貌、不同心绪，画面充满追忆感，像是一种记录。我确信，那是某一个时刻真实存在过的符号。我仍然不懂，我不必懂；我只需要循着自己的感受，去看我想看到的东西。法国著名雕塑家罗丹曾说："没有任何一件艺术作品，光靠视觉就可以打动人心。"我似乎开始了解那些在美术馆中面朝一幅画沉浸一个下午，或是看一幅画会看到流泪的人了。绘画不会说，但是会讲述。

　　莫兰迪的卧室就是他的工作室，那里是他的整个世界。我在纪录片中看到的莫兰迪的房间狭小而乏善可陈，床头有书，拐杖随意地挂在椅子上，瓶瓶罐罐被塞得到处都是。可以想象莫兰迪摆弄着瓶罐时清冷孤寂的感觉，但或许他乐在其中，并无任何想跟人互动交流的想法。工作室里有三个台子，为他在不同光线下摆放瓶子提供方便。他喜欢各类光线，因而只在白天工作。一扇自制的半透明遮光板靠放在窗前，作品中那些柔和的光线就是靠它营造出来的。莫兰迪在工作时不愿被人打扰，因此少有人能走进他的工作室。得益于一些摄影师拍下的莫兰迪工作室的照片，后来政府才能在买下他故居的房子后，按照照片复原他工作时的场景。所见令人叹喟：身体之小，无需太大寓所；灵魂之大，再大寓所亦是限定。

在工作室里，莫兰迪以瓶子的阴影拉开他与世界的距离，世界再大再精彩亦不为所动。这位一生未婚也从无恋爱经历的艺术家，引得大家种种猜测。据说曾有记者前去采访莫兰迪，想要探知他的感情生活，却被莫兰迪"反采访"。莫兰迪问记者："你写一篇稿子能挣多少钱？"答曰："2000里拉。"莫兰迪说："我的一幅画值8万里拉。只要你不写我，我就送你一幅画。"记者觉得相当划算。至此，那家报社也真的不再有报道莫兰迪的文章。如此可见，莫兰迪不是不会说话，反而相当机智；他不爱说，或许只因无人能懂。世人赋予他太多解读，他缄口不语；灵魂有差异，才会有误解。

1964年，74岁的莫兰迪在家中病逝。被他夹在书中的支票从未兑现，画架上还摆放着未完成的作品——在生命的最后一刻，他仍在作画，或许还要再调整一下，或许还想多加几笔。艺术是他终其一生追随的热爱，纯粹而专注；如果不是真的热爱，就不会坚持到最后一刻。这一生，也无风雨也无晴，被他过得平静而认真。他会沿着街道散步，再穿过市场到画室作画；他会描绘再寻常不过的瓶子，并赋予这些简单物品高级的灵魂；他欣赏着家乡不变的风景，专注地按照自己的方式度过每个时刻……他必然笃信，越简单、越真诚，就接近事物的本质。

离开时，我的心愈发平静。重新穿行在这个城市的街道和拱廊，发现建筑物表面的红色深浅有别，并不雷同。那些细微的区别，是我们在寻访莫兰迪后才发现的。到莫兰迪的故乡重新认识莫兰迪，是这个春天的浪漫事；在夏天的喧嚣即将来临时，它提供给我们为了平静而专注于修正的契机。

（本文原载于《世界文化》2024 年第 6 期。）

塞尔维亚与"中国制造"

骆怡男[*]

坐上由塞尔维亚首都贝尔格莱德到第二大城市诺维萨德的火车时,我惊呆了。

这火车我太熟悉了——除了座位更为松散和窗户来自德国,从整体布局到细节,无论是行李架、指示屏,还是摄像头,看起来都与我

---

[*] 骆怡男,留学生,哈佛大学在读硕士研究生。

／贝尔格莱德—诺维萨德高铁列车

在国内乘坐的高铁差不多——尽管速度没那么快（最高运行时速200千米）。

列车内提供几种Wi-Fi，且网速令人满意。我快活地上网刷了半个多小时，车厢内传来塞语和英语提示：本车已抵达终点站。诺维萨德和贝尔格莱德两市距离80公里，在贝诺高铁开通前，车程需1.5小时；现在，贝诺高铁将其缩短为33分钟。即使是停靠站数较多的城际列车，车程也不过50分钟。

而下了车走进诺维萨德火车站时，我又一次惊呆了：如果忽略各种信息中的塞尔维亚语，这活脱脱就是个中国高铁站嘛！

诺维萨德火车站大厅的左侧墙壁上记录着本站的历史：在19世纪末诞生、在两次世界大战中损毁、战后如何重建，以及——眼前这焕然一新的火车站是2022年刚刚建成。在二楼，还设有宽敞的休息室和儿童娱乐区。

拿出手机搜索才知道，贝诺高铁是"一带一路"的项目之一，是匈（牙利）塞（尔维亚）铁路的一部分。

贝诺铁路这一段又分为两段，分别由中国中铁和俄罗斯铁路公司修建，2022年3月19日才刚刚通车。为了运行这条线路，贝诺高铁一端的诺维萨德火车站2022年才改造完成，而另一端的新贝尔格莱德中央火车站至今只完成了地下部分，地上部分还是工地。

作为欧洲最古老的火车站之一，老贝尔格莱德火车站因为轨道问题及无法承接计划中高铁将带来的人流物流量，已于2018年停用，现在是供游客们拍照的吉祥物式的存在。

尽管在欧洲各国的机场和街道看到华为和小米的大幅广告牌已是家常便饭，但塞尔维亚的各种中国痕迹的密集度还是把我震惊到了。

去机场的路上，连续看到山东高速和华为的大楼（山东高速承建的 E763 高速公路是欧洲第一条由中国企业建设的高速公路）。

登上飞机前，乘客登机廊桥铭牌上赫然有一行中文"深圳 XX 公司"，路边的报摊冰柜旁的箱子则是"慈溪市 XX 公司"。我不由心想：恐怕是从义乌进货的吧？果然世界归根结底是义乌的。

哲学专业的我到贝尔格莱德大学哲学系里溜达了一圈，发现这里似乎才举办了汉语水平考试。而路边小店的戴口罩提醒竟然是中塞双语……

不知从何时起，中国网民们开始把塞尔维亚称为中国的欧洲"巴铁"或直接称为"塞铁"。2017 年，塞尔维亚成为第一个对中国免签的欧洲国家，而这只是个开始。2020 年以来，疫情时期中塞友谊的存在感大幅提升，我在 B 站"冲浪"时也偶尔会被推送塞尔维亚总统武契奇的视频。

这固然是因为中国和前南斯拉夫在历史上的特殊渊源。在南斯拉夫社会主义联邦共和国时期（1945—1992），中国和南斯拉夫的关系随着南苏关系和中苏关系的演变而不断变化，铁托对内奉行的在苏联干预之外自力更生的路线和对外开展的不结盟运动，都在中、南两国间创造了一种特殊的亲近性。

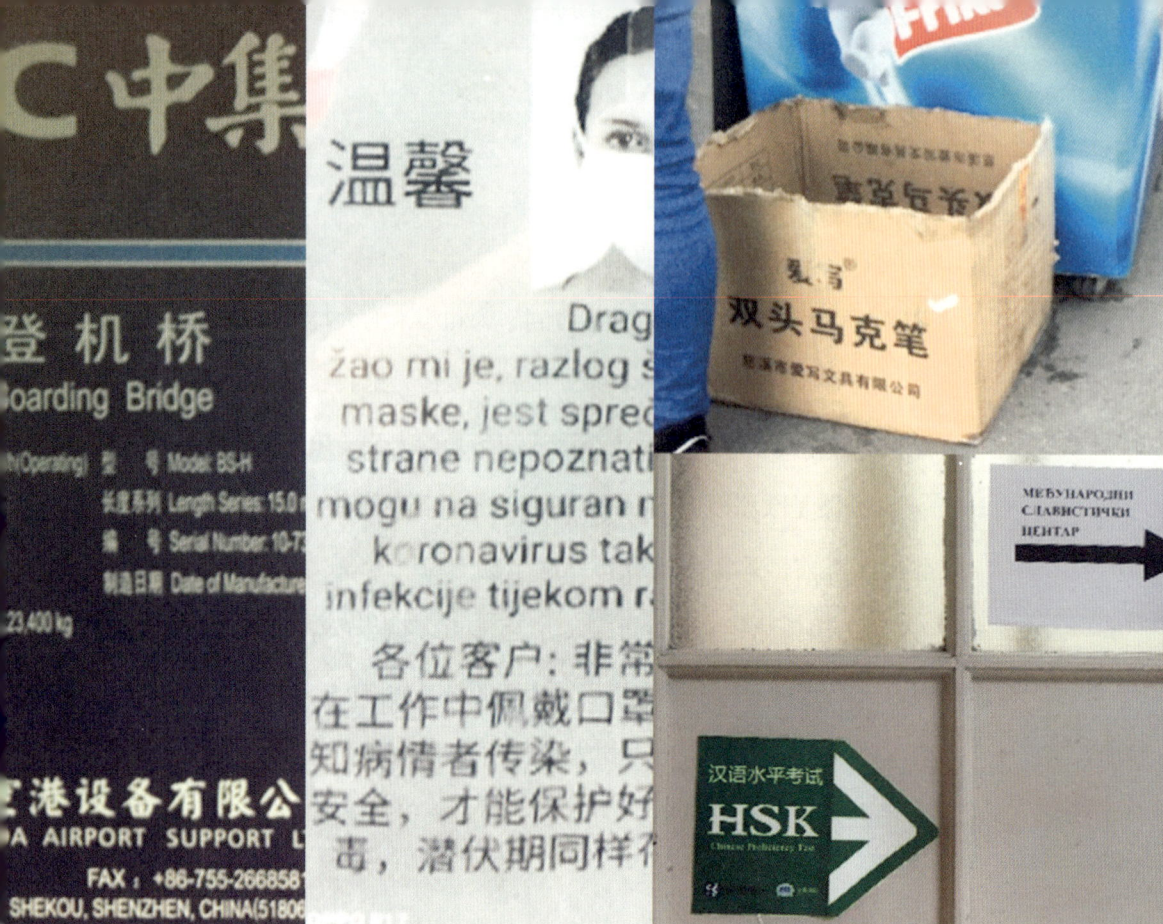

/ 塞尔维亚的各种中国痕迹

在铁托下葬的贝尔格莱德著名的花宫里,有两面墙贴满了铁托葬礼时前来致哀的各国领导人照片。其中中国领导人的照片居于第一位。

南斯拉夫社会主义联邦共和国解体后,中国与南联盟(南斯拉夫联盟共和国,2003年改国名为"塞尔维亚和黑山")依然保持密切联系。

1999年以美国为首的北约轰炸中国驻南联盟大使馆,则为这种关系增加了一层悲壮色彩,那是中国的又一重民族伤痛。如今,被炸使馆原址处的纪念碑前,还常年有贝尔格莱德市民和中国游客敬献的鲜花。

但像"巴铁"和"塞铁"这样好玩的流行话语之下，现实不可避免地具有更多的复杂性：在2006年黑山公投独立后，作为南斯拉夫最后继承者的南联盟也彻底成为历史。铁托曾苦心打造的"南斯拉夫民族"事实上已不复存在。

年轻人的认同已与父辈截然不同。和众多东欧剧变后独立的前社会主义国家一样，塞尔维亚也在谋求加入欧盟，只是屡屡受挫。对铁托主义和社会主义历史的反思和批评也从未平息。

这一复杂性在花宫旁的南斯拉夫历史博物馆的展览中可以清晰窥见。博物馆是一个狭长的矩形，一侧是铁托个人的永久展览，另一侧的主题则是南斯拉夫的历史和现实。

在我们参观时，博物馆正与塞尔维亚当代艺术家合作展出一系列名为"N(ex)T Y(o)U"的交互艺术装置。艺术家们引导人们将铁托时代的口号和价值插入到当下市场经济的公关和营销逻辑之中，激发人们重新审视和思考铁托主义-社会主义的价值取向。

这些装置充满巧思：铁托时代青年们要做的广播体操被配上健身博主的音乐和引导语；铁托时代的标语，如"全世界无产者……""联合起来……""为……奋斗"等，被配上Instagram的流行小资标签，如"food porn""fitness"……

这些拼接令人忍俊不禁，似戏谑又似讽刺，直白地传达了一种在历史和现实间瞻前顾后、踟躇不前的迷茫——过去已土崩瓦解，属于这个前社会主义国家的路在何方？

在我们到达贝尔格莱德的第二天，塞尔维亚总统武契奇连任成功。在中国，武契奇因为"两米巨人在特朗普面前委屈坐小板凳""为疫情向欧盟求援被拒洒泪""亲自迎接中国医疗队和援助物资""官方认证中文谐音梗577"等为网民所"怜爱"。而在塞尔维亚国内，特别是在年轻人里，武契奇一直因"亲中"而颇有争议。少数人甚至认为他"亲中"是出卖国家利益（如在上述种种基础设施建设中大力引入中资），更多人认为塞尔维亚从中国获利即可，而不应在国际事务上过多表态"挺中"甚至"站队"。

在2017年塞尔维亚对中国免签后，大量中国人来到这里碰运气、做生意、寻求机会。这些人的涌入、参与社会事务，以及基础设施建设的环境问题，往往被连带质疑其必要性，也成为当地人疑惑和争议的主要方面。

而在塞尔维亚工作、生活的中国人看来，塞尔维亚是南欧、东欧国家中为数不多的颇有活力的国家。他们颇能共情武契奇政府的务实风格——相比老龄化和经济衰退的其他国家，塞尔维亚近年来经济持续增长，年轻人的工作机会增加，这两者双管齐下，使尚属清贫的社会颇有欣欣向荣之感。现政府给退休老年人发钱和安排旅游，效果颇好，这直接反映在了选票上。

事实上，在塞尔维亚旅行期间，笔者也多次体会到一种仿佛身处20年前中国省会城市的莫名熟悉感，我弱弱地称之为"经济第一、发展第一"时代特有的混杂和粗粝。

正如新贝尔格莱德中央火车站，贝尔格莱德国际机场也是雨水与烂泥齐飞，出发区相当漂亮，到达区却是一片临时搭就的板房，黑车司机快乐拉客。马路上车辆飞驰，行人过马路必提心吊胆，完全没有西欧那种过马路头也不抬的安全感。

在贝尔格莱德市中心，繁华的街道有价格高昂的奢侈品店，有大量ins风的网红店（以粉色、蓝色基调为主，简约装修很有风格），也有垃圾和狗屎的"点缀"。铺着红白格子桌布的塞尔维亚传统餐厅供应的传统烤肉、鸡汤、蔬菜汤和小牛肉汤超对我的"中国胃"，物美价廉又量大，而人满为患的各种精致料理网红餐厅却中看不中吃。

在离开贝尔格莱德的路上，头发已经白了一半儿的司机大爷用磕磕巴巴的英语给我们指路：这儿曾是中国银行，后来搬到了那儿……在快到机场时，我忍不住问出了一直徘徊在嘴边儿的问题："如果年轻人对'亲中'态度暧昧，颇有争议，那么您这个年纪的人群是什么态度呢？"

在我解释了几遍后，司机大爷用磕磕巴巴的英语组织了几遍句子回答："中国不是故事的全部。在我看来，塞尔维亚试图和中国搞好关系，正如塞尔维亚试图和欧盟搞好关系，和俄罗斯搞好关系，和美国搞好关系……我们曾经有战争，现在我们想生存和发展……"

于是，我半是羞愧半是豁然开朗地明白了那种隐隐约约的熟悉感的来源：也许中国网民乐于调侃塞尔维亚做中国而非美国的"小弟"，但无论是"大哥"还是"小弟"，都只是在立足于自身求得人民的生存和发展。

因此，这种话语哪怕是调侃也颇不恰当。在这个意义上，我体会到的，不是一种简单的发展道路的相似性，而是塞尔维亚人一如中国人想要独立自主和发展的心。

生活

在别处

利比亚的炮火与烟花

王宝迪[*]

青春就是在利比亚目睹过炮火,也见过烟花。

利比亚,我来了!

2019年7月,我通过社会招聘入职华为的全球销售部后,一直在等待外派的机会。"我会被派往哪一个国家呢?"我一直在憧憬。直到一个炎热的下午,一通显示着深圳华为虚拟号的电话,让我开启了一段不寻常的海外生涯。

"你好,这里是利比亚办事处,现在方便面试吗?"电话那头抛来的第一个问题,就让我停顿了好几秒。

我印象中的利比亚,只有卡扎菲、"茉莉花革命"等几个模糊的名词,还有枪林弹雨的画面。利比亚虽无疾病肆虐,但是炮火无情,在温室里长大的我有过担心和忐忑。可是,作为一名95后,我又渴望冒险,

---

[*] 王宝迪,华为全球销售部客户经理。

渴望闯荡。人生本来就是一场冒险，作为社招生，本就在起跑线上落后了，这也是我实现弯道超车的极好机会。而且经过了解，我知道在公司的极力保护下，小环境还是非常安全的。很多前辈们也给了我很多的建议，打消了我的很多顾虑。所以短暂犹豫后，我作出了坚定的选择——去利比亚！

2019年10月，我踏上了旅程。落地利比亚的过程注定是艰难的，由于首都的黎波里战事激烈，机场面临频繁的轰炸，我被迫在突尼斯停留了两个月。这两个月，我仅能远程接触系统部的一些工作，作为客户经理，我陷入一种无法奔赴一线的焦虑与迷茫中。

挣扎了一番，我只好从基础产品知识学起，从代表处组织架构学起，从客户信息收集分析做起，尽可能让每一天充实起来，舒缓内心的焦虑。为了攻克语言关，我每天与本地员工对话，周末硬着头皮去市场买菜，去饭店点菜，锻炼英语表达与听力。与此同时，与同事进行工作交接，思考客户关系的提升对策。

两个月后，尽管领导们多次表示可以再等等，但我仔细权衡后还是决定尽快前往利比亚。战乱虽然还在继续，但局势已经相对稳定，客户经理总得在客户身边吧！在我多次意愿坚定地提出申请后，代表处终于批准我在2019年12月27日前往利比亚。

因为担心会有轰炸，一落地的黎波里的机场，我就在机组人员的催促下快速下机。第一次入境需要有本地同事陪同才能出关，但我没有当地的手机号，机场也没有网络，我只能借海关工作人员的电话联系司

/办事处一角

机。在一通连比带画拉上工作人员三方沟通后,终于成功出关,乘车前往办事处。

利比亚办事处坐落于一栋栋参差不齐的小别墅中,乍看不起眼,里面却别有洞天。两栋三层小楼和一个大院子就是我们的办公地。首先映入眼帘的是几棵高耸的椰枣树,我不禁想起了鲁迅先生的那句话:"在我的后园,可以看见墙外有两株树,一株是枣树,还有一株也是枣树。"院子里有菜地、咖啡角、秋千,混合着中式田园、西式下午茶以及浓郁的阿拉伯风情,但又不觉得突兀,反而给我一种期待已久的兴奋和亲切感。

办公楼后仅相隔一条小路的就是员工宿舍——两座独栋别墅。由于战况紧张,原本住着二十多人的宿舍如今只有七名留守的兄弟,略微有点冷清。看到有新人到来,大家很热情,表示终于来了一位年轻的95

后，给办事处带来了活力和热血。

安顿好后，便是接风宴。厨师拿出了十八般武艺准备了丰富的晚餐，有羊肉焖锅、红烧鱼、火锅、油爆大虾……一时间我竟然有种身处中国的感觉，思乡之情也顿时缓解了。

我在心里默念："你好，的黎波里，我来了！"

深陷泥潭

我所在的系统部是 L 系统部。适逢新年，送新年日历和贺卡正是一个接触客户的绝佳机会。于是，新年的第一天，系统部部长——一位长相帅气的利比亚人带我去见客户。然后，这一天内，我见到了 L 的八成客户，数不清的 Ahmed、Mohamed、Abdu 以及一百多张很难与名字对得上的面孔迅速冲击着我的脑袋。

我只能用几个单词蹩脚地介绍自己："你好……我叫 Karsa，来自中国，第一次来到海外，利比亚人都很友好。"紧张中夹杂着慌乱。在和其中一个客户打招呼时，我伸出手准备与其握手，却见客户握紧了拳头，然后只是轻轻地碰了一下我的手背。这让我很紧张，以为是自己举止不当，给客户留下了坏印象，他不肯握手，是在用拳头表示不满。我将我的担心告诉我的主管，他"噗嗤"一声笑了出来，解释那是因为客户刚洗完手，出于尊重不想弄湿我的手，才用碰拳代替握手。现在回想起来，还是觉得既尴尬又好笑。

接下来就是一个青涩稚嫩的"菜鸟"练飞之旅。由于英语不熟练，我常常词不达意。第一次独立和客户见面，客户问我"How are you？"，由于过于紧张，本来回答一句"Fine."就好了，我竟长篇大论地说起了我的感觉怎样，心情怎样，状态怎样，场面窘迫极了。

最让我挫败的是客户首席技术官直接找到我的主管投诉，说和我沟通很困难，很怀念上一任客户经理。压力之下，我开始逃避，把客户界面拓展的不顺利归咎于大环境的不稳定，初来乍到还没有适应，无法建立和客户之间的信任。

此时，导师和同事们向我伸出了援手，除了给我讲述他们初到海外遇到的种种困难，缓解我的担忧和焦虑，还言传身教，教我一些在客户界面拓展等工作上的小方法。我开始振作精神，苦练口语，在断断续续的炮火声中，从陌生拜访开始，营造接触机会，搜集声音，通过及时高效的反馈一步一步构建客户信任。

炮火与烟花

记得有一个下午，我正在客户办公楼楼顶与首席技术官喝咖啡，讨论数据远程接入授权的签署。现网的一些操作需要共享中心进行远程处理，但只有客户签署数据授权书后，我们才能把现网数据远程传输到其他国家进行操作。针对授权细节，我必须要和客户反复沟通，确保所有细节无误、合规。

我们正讨论到一半，突然一声巨响刺破天穹，接着天空划过两三颗飞弹。顺着飞行的方向，我们抬头看到 1 公里外的港口冒起了滚滚浓烟，五六分钟后四周响遍救护车与消防车的刺耳声音。看到这样的场面，客户安慰说："放轻松，不过是每天都有的轰炸而已。"

第一次这么近地直面炮火，我其实心里特别慌乱，但还是强装镇定，下意识用几个单词拼成了一个完整的句子："即使炮火再近，我也会留在这里，和你们一起。"

没过几天，数据远程授权书总算是签了下来，我一直觉得那是对我在炮火前强装镇定的一种奖励。

到了5月份，炮火声日渐密集，也没有了日夜之分。甚至有时在深夜睡梦正酣时，我们也不得不紧急躲到安全屋里避险。

眼见首都形势日益严峻，代表处安排首都大部分员工撤退到西部城市米苏拉塔。在米苏拉塔的半个月时间里，十多名中方人员在疫情和战事的双重压力下，抱团取暖，一起生活在一栋小楼中。

"我们的系统遇到了一个问题，情况紧急，需要你的帮助。"一天夜里，我突然接到了客户的远程求助，要我帮助协调解决计费系统的一个重大故障。收到消息后，我意识到事情的重要性，立即从床上爬起来，回拨电话给客户，在一番紧张沟通后，顶着压力，给了客户当晚解决的承诺。

说完那句承诺后，我的额头因为紧张冒出了汗珠。我很清楚，如果这次我食言了，那么我在这个客户的心中从此便再无任何信任可言。所以，一整个晚上，我打了无数个电话申请资源。维护团队的兄弟非常给力，连夜操作排除问题，不时和我确认问题处理的进展。最终我们在凌

/ 庆祝的烟花

晨修复了该问题。

当我第一时间给首席运营官发短信汇报处理结果，收到客户秒回的"Appreciate（十分感谢）"的时候，我知道我终于实现了与首席运营官关系的破冰，同时也重新明白了客户经理的价值——急客户之所急。

5月底我重新回到首都，战事已接近尾声。2020年6月4日的晚上，城里突然放起了大量的礼炮。我走到阳台，看着城市上空的花火，突然觉得特别感慨。这一刻，所有的过去都画上了句号，不会再有近在咫尺的爆炸和无休止的炮火声，充满希望和挑战的未来即将开始。我兴奋地用手机记录下漫天的烟花，想要留住这片刻的宁静与安稳。

一切都会好起来

随着首都局势稳定，迷茫的上半年也告一段落。在和导师及领导们的交流中，我总结出了自己上半年的不足之处，尤其是在客户关系提升和项目运作执行力方面还有很大的进步空间。我暗自较劲，要在下半年证明自己！

机会总是留给有准备且持续在准备的人。当时有一个老旧项目已延迟关闭长达四五年，关闭该项目是 I 客户 2020 年的关键绩效指标之一，但由于项目历史悠久，很多物料在交付过程中涉及借用、调用、丢失，无法与原始的配置清单对应，要想核对借用和调用的具体情况，还需要 B 部门的配合。但由于各种各样的原因，B 部门迟迟没有提供相应资源。

捕捉到这个机会点，我们首先梳理当时的待处理问题点，分析下一步计划以及方向，规划关闭节奏，明确各里程碑的时间节点。由于我和 B 部门的工作人员前期建立了良好的沟通机制，对方很配合地提供了相关支撑文档，协助关闭了这个项目。最终在我们的共同努力下，该老旧项目及时关闭。回顾与客户的这次合作，我不仅顺利完成了关闭项目的任务，还赢得了客户的信任，达到了双赢的结果。正如我每日醒来时对自己说的：一切都在慢慢变好！

向阳的花儿，终会绽放

2020 年的下半年，疫情依旧肆虐。在利比亚这个饱经战乱的国家，我渐渐地找到了属于自己的节奏。在项目组的共同努力下，我们成功地关掉了延迟多年的老合同，在设备数量上华为百分百交付，服务上也最大程度减少了不符点，降低了在经营上的损失；在无线扩容项目上，我们尽可能快速地和客户确认技术方案，为及时签单做了充分的铺垫；在采购环节上，我们守住了合同条款，并且加快了采购订单和回款的获取流程……

当然，这只是一名客户经理应该做到的基础操作，并不值得骄傲，但这些一点一点的收获给了我巨大的前进信心，让我在一度怀疑自己的黑暗中找到了一抹光，证明我可以在利比亚存活下来，持续作出贡献，证明自己价值。

先抑后扬，喜忧参半，所幸结局充满希望与无限可能。我深知，在利比亚这片沃土上，重要的不是走得有多快，鸣得有多响，而在于脚沾泥土，踏实成长。加油，利比亚的"枪炮玫瑰"，你终究会绽放！

骑行哥本哈根

许文骏[*]

和一些发达国家城市的居民将骑行视为有健身功能或者青年专属的出行方式不同,哥本哈根人视之为一种日常通勤方式。早上7点左右,城市苏醒过来,大人们穿着正装骑自行车去上班,孩子们骑自行车去上学,总共近五成的哥本哈根人选择骑自行车开始新的一天。

有人认为哥本哈根密集的道路、平坦的地形为骑行提供了有利条件,还有人认为哥本哈根人为环保而骑行,这些只是道出了原因的一部分。真正让自行车成为哥本哈根人的首选交通工具,是因为在哥本哈根,自行车是最安全、最便捷、最简单的出行方式,这是40多年来人们不断开发、改进自行车基础设施并完善相关管理制度的结果。

基础设施建设方面,在2006—2016年,哥本哈根共修建了138公里自行车道,使全市自行车道总里程超过500公里,仅路侧自行车道就有375公里,形成了四通八达的自行车路网。人们笑说这个城市有汽车

---

[*] 许文骏,影视学博士后,教育部公派英国访问学者。

到不了的地方，没有自行车到不了的地方；没有汽车高架路，却有自行车高架路。

路侧自行车道主要分布在城区，一般从原有的步行道或机动车道中划出，位于两者中间。为了将其与机动车道、步行道隔离开，规划者因地制宜，有的自行车道刷上淡蓝色漆，有的做了抬高处理，有的在机动车道边建安全岛。值得一提的是，自行车是自行车道上的绝对主人，机动车无论是通行或是停放都只能在机动车道上，而不能占用自行车道，所以哥本哈根的停车位都划在机动车道上。汽车一旦在停车位停好，就成为行驶中的自行车和汽车间的隔离屏障，这有力保护了骑行者的安全。由于丹麦和中国同样靠右行驶，驾驶员在车的左侧、自行车道的另一边进出驾驶座，所以这种机非分离方式也有助于防止"夺命车门"事故发生。澳大利亚的墨尔本和美国的纽约先后引进了这种机非分离交通设置，并将之命名为"哥本哈根车道"。

除了公路侧边自行车道，哥本哈根还建成跨越及延伸城市路网的自行车道，设置自行车过街、过河天桥及地道等立体穿越设施，大幅缩短了自行车的出行距离，提高效率。为了能使中长途通勤人士也考虑骑行，哥本哈根还建了57公里的自行车高速道，2010年起乘客可以免费带自行车上地铁和火车，从而提升了中长距离通勤的便捷性。

哥本哈根为骑行者贴心设计的小细节也值得关注。一些路口方便骑行者等绿灯时撑车站立的垫脚架和扶手栏杆、下雨天会把自行车道绿灯时间延长两倍的智能信号灯、方便骑行者扔垃圾的45度角垃圾桶、出

/ 哥本哈根专为骑行者建造的桥

租车上能同时挂两辆自行车的挂钩、遍布大街小巷的自行车免费停车场、街角的充气设备……这些贴心的细节足以确保人们骑行舒适方便，无后顾之忧。

在交通管理制度上，哥本哈根给予自行车出行充分的优先权，如允许自行车红灯右转（而机动车不能），允许自行车在部分单行道逆行，同时转弯的时候机动车需让自行车先行，等等。其中最能体现自行车优先的，还是为骑行者服务的"绿波"信号灯和自行车道优先除雪政策。

世界范围内，交通信号灯设置更多服务于汽车，但哥本哈根的信号灯已经越来越多地用来协调骑行者，尤其值得称道的是2007年开始的自行车信号灯"绿波"设置。在早晚高峰期的主干道上，骑行者只要按照20公里/小时的速度就能一路绿灯，一直前行。哥本哈根自行车的平均速度约为16公里/小时，20公里/小时的"绿波"数值设置是基于早晚高峰的道路状况而考虑的。这时自行车数量繁多，车速过低易带来拥堵，而车速过高、穿梭车流又有重大安全隐患。于是，规划者们提出用

"绿波"来协调自行车流，并设置20公里/小时的"绿波"数值鼓励大家快速均匀通过交通干道，提高道路通行效率。建设者在路边装上"绿波"信号灯来提示骑行者保持速度，当几个主要方向、路口出现连续的自行车流，就形成了哥本哈根著名的"绿波"风景线。

丹麦是北欧国家，气候对于骑行者而言谈不上适宜，在极端情况下，冬季24小时内，城市可以积雪厚达50厘米。哥本哈根会有那么多人选择骑自行车出行，原因之一就是这里的自行车道拥有优先除雪权。一旦下雪，市政府要先除掉自行车道的雪，再除汽车道上的——除了城区四条主干道与自行车道须同时清理以外。所以，下雪天骑车出行的哥本哈根人竟然比平时还多三成。

对小汽车的限制也促使人们放弃开车而选择骑自行车出行。私人小汽车税款大致是购车费用的3倍，政府每年还会减少2%—3%的机动车停车位，让停车变得越来越麻烦和昂贵。这样一来，哥本哈根人放弃开车而选择骑自行车就顺理成章了。

需要特别指出的是，无论在自行车道路网的设计、修建还是在制度的修订过程中，市政府都会通过多种渠道收集民众意见，鼓励大家通过手机应用及时报告自行车道路面情况，如是否有损坏、坑洼、垃圾等。此外，市政府还听取自行车协会及技术专家们的意见，将之作为实施项目的基础。

这些基础设施和管理举措让哥本哈根成为世界自行车友好城市。但大半个世纪前，哥本哈根对骑行者并不友好。第二次世界大战后，美国生活方式受到推崇，人们搬到郊区住，在市中心工作，每日开车往返其间，城市逐渐以汽车为中心而发展。为腾出更多的汽车空间，战前修建的自行车道被拆除，连市中心的公共广场都用作停车场。20世纪60年代初，汽车和自行车使用相同的街道，交通事故频发；到70年代初，骑自行车的人口下降到10%的历史最低点。

转折点在1973年。当时，石油危机严重打击了丹麦，为了节省化石能源，政府不得不推出无车周日。渐渐地，人们意识到无车的周日是一周中最美好的一天。与此同时，丹麦自行车协会要求建设更好的自行车基础设施，以提升骑行安全性。这些对新的城市规划产生了直接影响，20世纪80年代，政府开始了自行车道路网络的建设。

此后政府持续推广自行车出行则是基于经济、交通拥堵治理、环保、城市营销、改善市民健康等方面的综合考虑了。自行车属于低投入、高社会回报率的投资。丹麦的一项研究表明，每骑行1公里，社会的利润就有23美分，而驾驶汽车相同距离会产生16美分的净亏损。至于交通拥堵治理，与欧洲类似城市相比，哥本哈根的拥堵程度相对较低，可一旦15%—20%的骑车人开始开车，那么交通将完全瘫痪。谈到环保，哥本哈根希望到2025年实现碳中和，鼓励没有尾气排放的自行车出行是该计划的关键部分。由于成功的自行车城市形象营销，哥本哈根连续多次被不同的机构评为世界上最宜居的城市，甚至在城市规划领域催生了专有名词"哥本哈根化"。市民健康方面，有研究表明哥本哈根每天骑自行车上下班的成年人死亡率下降30%……

对今天的哥本哈根人来说，自行车不仅是出行工具，更深深地融入日常生活。人们骑着自行车在绿道上休闲，在三轮自行车上购买热咖啡和薄煎饼，接收邮递员用三轮自行车分发的邮件，向骑在自行车上巡逻的警察问路……哥本哈根人已经越来越离不开自行车了，他们希望自行车能一直优先发展下去，整个城市能在2025年成为世界上最好的自行车城市。

（本文原载于《群众》2018年第12期。）

意大利地震历险记

王时芬[*]

2020年，意大利成为全球感染新型冠状病毒肺炎最严重的国家之一。意大利也是欧洲最早封国的国家。

这次意大利的疫情先是在北部的伦巴第大区开始传播，世界时尚之都米兰就是伦巴第大区的主要城市。该地区是欧洲人均收入第二的富庶区域。离伦巴第大区不远的艾米利亚-罗马涅大区也是第一批"封城"的地区，这一下子让我想起了8年前在摩德纳大学讲学一学期的经历。

摩德纳是意大利北部的一个小城市，属于艾米利亚-罗马涅大区，在意北的交通枢纽博洛尼亚北面30公里处。城市虽小，加工业却极其发达。大名鼎鼎的法拉利、玛莎拉蒂等豪车厂都坐落在其郊区。那里也是世界著名的医疗器械生产基地，据说有五千多家大大小小的医疗器械生产厂。此外，那里还是意大利的乳制品生产中心。

摩德纳向北到米兰，中间还有几座老球迷耳熟能详的城市：帕尔马、

---

[*] 王时芬，上海大学经济学院副教授。

皮亚琴察等。惜乎近年来这几家球队表现不佳，纷纷降级。

2012年春季，应摩德纳大学的邀请，上海大学派我到该校去为国际贸易专业研究生讲授一学期的课。在为讲学做准备的时候，我在网上查到世界排坛的传奇人物郎平指导，20世纪90年代曾在摩德纳排球俱乐部做过教练，这大大增加了我对摩德纳的兴趣和亲近感。

对方接待工作做得非常好，我的讲课进行得很顺利。同时，利用周末和节假日，我多次前往罗马、佛罗伦萨、博洛尼亚、米兰、比萨、威尼斯等地，饱览了古罗马和文艺复兴时期的各种文物，收获极大。眼看着工作还有12天即将结束，我为能顺利完成异国讲学的任务感到欣慰。不料，两场以摩德纳为中心的地震正在逼近，使得本来就收获颇丰的意大利之行更加令我终生难忘。

2012年5月20日星期天凌晨，我睡得正酣，突然一阵剧烈的晃动把我摇醒。晃动持续了十几秒。我第一反应就是地震了。出于本能，我蒙上被子，以防砸下的东西击中头部。等晃动稍停，赶忙开灯起床，看手表是4点05分。这时，周边的房间都在开灯开门，走廊里嘈杂声一片。我赶紧套上长裤，穿着拖鞋跑了出去。楼梯上挤满了急奔下楼的住客。我和大家站在旅馆外的空地上，由于只穿短袖汗衫，在春寒料峭的夜里还是有点冷。过一会看看楼不像要倒的样子，大家陆续回房。刚躺下，又是一阵摇动，比前一次小且短，人们还来不及逃出门就停了。我起床打开电视，想看看地震的震中和强度、损失情况，尚未有报道。再睡下，到天亮没再有余震。

我早上8点多起床，因凌晨睡眠被打搅，昏头昏脑。看电视，有了报道，说摩德纳东面19公里处4点03分发生地震，强度6.0级，已有3人死亡，几十人受伤，几十间房屋倒塌。画面上看到倒塌的都是农村的房子、工厂的车间、几座古老教堂的钟楼。接下来BBC新闻节目不断滚动报道，至中午死者已增至6人，还有多人被压在废墟下，政府正在组织救援。报道说因住房损坏而无家可归的人达1000多人。当地政府马上搭起帐篷供无家可归者居住，每户一顶帐篷，每六顶帐篷配备一名护士照顾因受惊吓而血压、心脏出现问题的人。

我打电话给班上的几个中国留学生，得知他们都平安无事，才放下心来。他们都在离学校不远的民居租房居住，被地震震醒后并不慌乱，互相招呼着从屋子里跑到街上，坐在街沿上直到天亮。

白天下起了大雨，一下就是3天。许多商店和所有的学校关门。我待在旅馆里上网和看电视。但是余震不断，电脑桌和椅子会时不时左右摆动。这最讨厌，逃吧，可能还没跑到楼梯口余震就停了；不逃吧，桌子椅子都在晃动，令人惊魂难定。

天亮后，意大利政府宣布灾区进入紧急状态。可能摩德纳离震源地将近20公里，除了街上人少了许多，很多商店不营业，未见恐慌景象，公交、电信等都没停。下午我坐车到市中心看看，见到一家老教堂的外墙有一条从地面到屋顶的很粗的裂缝，足足能伸进一个拳头。还有一幢二层老房子的外墙也是从顶到底一条稍细点的裂缝。它们都成了危房。我住的旅馆在老城外面，周边多是独栋洋房。有些院子的围墙也有细细

/修复电缆的工人

的裂缝。意大利人造房子是慢工出细活,质量不错,否则这次不知要压死多少人。

第三天学校恢复开门,我去学校——虽然教学上周五结束,但根据学校规定,尚未考试,老师还得经常去办公室给学生答疑。经济学院里人极少,可能地震后老师和学生都没心思来学校,大家也能理解。第四天学院的老师差不多到齐,来问问题的学生也很多,学院又恢复了平时的繁忙。答疑间歇,我和同一办公室的老教授古利亚诺谈谈,他总是说"太可怕了"。地震时他从家里逃出来,和老婆坐在汽车里直到天亮。他告诉我这是他经历过的最强地震。古利亚诺已65岁,一直教"意大利经济史"，是副院长。本来他一个人一间办公室，我去后把我临时安排和他共用一个办公室。老教授人很好，英语流利，两个月下来熟悉了，经常聊天。

过一会进来一个老头儿，我认得是学院图书馆的工友。他和古利亚诺说了几句话，古利亚诺不住点头。他走后，古利亚诺告诉我，那老头儿家住摩德纳乡下，有一绝好的手艺，就是做奶酪。我在食品店见过那种奶酪，一个个都像比赛用的冰壶，据说每个有10公斤重。老头儿每年工作之余做一百来个奶酪，批发给小的食杂店，有些也自己带到星期六集市上卖。这种奶酪要发酵两年才达到优质的地步，老头儿家有专门的发酵房，奶酪放在一排排像超市货架似的木架上。发酵房内的温度、湿度、菌群数量都需经几十年使用才能达到最优。这次地震，偏偏把发酵房震倒了。老头儿全家和救援人员一起清理废墟，新奶酪本来就没到成熟时间，加上淋了雨，一大部分只能扔了，能吃的也要赶紧在发霉前吃掉。奶酪很贵，老头儿损失惨重。今天他来学院就是劝说老师买他的奶酪，已经急到逢人就劝的地步。可贵的是所有被他劝说的老师都一口答应买一两个奶酪，没人拒绝。其实它们没发酵到火候，不一定好吃，老师们是在帮助他。

眼看着余震日渐减少，生活逐步恢复正常，我庆幸这次地震就算过去了。我利用最后几天打包，31日就能按计划回上海。不料，29日一场更大的地震发生了。

那天上午9点，我正坐在电脑前工作，突然门窗咯吱乱响，桌椅剧烈摇晃起来，强度明显比上次的厉害。我连忙钻入写字桌下面躲避，等地震停了才逃下楼去。1小时后，BBC报了地震消息，强度5.8级，震中就在摩德纳。到下午1点，又一次很强的余震，房子剧烈晃动，持续时间更长。

由于地处震中，摩德纳损失比上次严重多了。第一时间已有17人死亡，数百人受伤，6000多人无家可归。全市公交车停驶、手机不通，只有互联网还能用，所有商店都关门。中午我收到对方学校负责接待我的教授发来的电邮，她首先对请我来讲课竟遇上这么危险的事向我表达歉意，随后建议我提前离开摩德纳，她可以开车送我去罗马机场，大约三四个小时车程。但我考虑按原计划两天后我就将回国，现在走的话还要改签机票，而且地震后摩德纳与外界的交通联系已一片混乱，想开车去罗马也不容易。于是我谢绝了她的好意。

晚高峰时全市公交和通信逐步恢复。我赶忙打电话给中国留学生，了解他们的情况。他们这时正在开往热那亚的火车上。原来他们害怕有更强的地震发生，于是决定结伴到罗马暂避，那里同学多。等他们走到火车站，火车全部误点，也不知道去罗马的火车什么时候来。后来开来了一辆到热那亚的火车，他们不管三七二十一挤上去再说。

听到留学生们平安撤离摩德纳，我不由得松了一口气。同时我也产生了去火车站看看情况的好奇。平时人流疏落的车站里已经人山人海，都是想到外地躲避的市民。由于铁路被震松了，火车进出站限速20公里，这更加剧了车站里的拥挤。每有火车进站，大喇叭里报告火车行驶的方向，相关的乘客马上一拥而上。火车里已挤得寸步难行，后面的人还要上车，往往费了好大劲才能把门关上。战争电影里逃难的景象又复活了。

回到旅馆，天渐渐暗了下来，我倒有点犯愁。生怕晚上熟睡之际再发生大地震。幸好摩德纳大学替我订的旅馆是套间，外间是厨房兼餐厅，有张坚固的大餐桌。于是我把餐桌推到墙边靠住，在下面打地铺，睡前在枕边放两瓶矿泉水。这样万一房子再遇强震坍塌，我至少不会被直接砸中，可以在餐桌下面等待救援。就这样，我在餐桌下度过了一夕数惊的两个晚上。

/ 从教堂顶上被吊下的花缸

第二天白天我到市中心去了一次，一方面想看看震后的情况，另一方面也想多待在户外。市中心又多了许多墙壁开裂的危房，直接倒塌的倒没有看到。少数商店已开门营业。消防队员在几座教堂顶上拆卸上面的雕塑和花缸，怕它们万一砸下来伤人。街上行人虽行色匆匆，却也看不出慌张。

好不容易又过去一天，到了我出发的日子。我早早起了床，把地铺收拾好放回床上，把剩下的半个比萨热了热吃下当早饭，然后提着行李坐公交车前往火车站。火车运行和车站的秩序已恢复正常。我搭上 8 点半去罗马的火车，下午在罗马稍事休息后去机场，搭乘晚上 7 点多东方航空的飞机回上海。我就这样结束了一次成果丰硕却也担惊受怕的国外讲学。

（本文原载于《世界文化》2020 年第 5 期。）

马达加斯加的回忆

赵颖星[*]

下一站是天涯

2015年，我和我先生在驻欧盟使团的任期接近尾声。6月底，我们接到消息，我们夫妇将被派往驻马达加斯加使馆工作。

那时候，我也和大多数人一样，只听说过那部动画电影《马达加斯加》。另外还听说，曾经的马达加斯加是个"好地方"，法语干部都很乐意到那里常驻，但是2009年政治危机发生后，该国经济持续下滑，不再有人愿意去了。彼时我的两个孩子一个7岁，一个5岁，我们最大的诉求是希望能把孩子带在身边，而马达加斯加既没有战乱也没有太多的传染病，听起来是个很适合带着孩子常驻的地方，因此，我对这个工作安排松了一口气。

我在地图里看了一下，马达加斯加是印度洋中的一个岛屿，与非洲大陆最南端隔海相望。也就是说，我们前往的下一站，是与中国相隔万

---

[*] 赵颖星，中国驻马达加斯加原外交官。

里的天涯。

8月中旬，我们全家抵达马达加斯加首都塔那那利佛，开始了近5年的常驻生活。

首都的第一印象

其实，这并不是我第一次前往非洲。早在2007年，我曾在尼日尔常驻过短暂的一年。尼日尔是撒哈拉沙漠之畔的西非国家，首都尼亚美雨季的气温高达四五十度，从条件上来讲更为艰苦。但是俗话说得好，痛苦来源于比较——那时候的尼亚美像个宁静的小村庄，几乎没有现代社会的迹象，也没有网络让人们看到外面的世界，所以人民虽然贫穷，看上去倒都还挺开心：一些看门人穿着脏兮兮的长袍，每天往树底下的草席上一躺，再来上一壶茶，永远都是笑呵呵的；那些路上赤身裸体或者仅能褴褛蔽体的小孩子们跑来跑去，也是笑嘻嘻地无忧无虑。但是，经过一定程度的经济发展，又因为政治动荡发生经济倒退的马达加斯加就不一样了。

我是生于北京的80后，所以很难准确地描述出塔那那利佛的城市发展水平等同于中国哪个年代的几线城市或者乡镇，只是感觉到这里处处充满着美与丑、富与贫、现代化与原始的对比冲击，无时无刻不呈现出一种矛盾的存在。

塔那那利佛是一座平均海拔约1200米的山城，远看山峦起伏，遍布山脊和山脚的建筑物虽然参差不齐，却极富有情趣，特别是在金色的阳光下，让人看了心旷神怡。但是穿梭在街市当中，街道满地黄土，到处是零散的垃圾；马路边上就是裸露的排水沟，开车的时候一个不小心还会掉进去；大部分公路十分狭窄。直到我离任之时，全城仍没有红绿灯。公路上行驶的有价值百万的豪车，也有破得只剩骨架的老旧汽车，还有很多人力平板拉着各种蔬菜水果叫卖。市中心地带不乏装潢豪华的餐厅酒店，加上满街的电信商广告牌，有时让人觉得和身处于世界上任何一座现代化都市没什么不同。但狭窄的巷弄、低矮的棚户中，仍有人衣衫褴褛，孩子们赤着脚在尘土飞扬的街道上玩耍，他们的父母可能还不知道下一顿饭的来源。

抵马之后，我的孩子进入法国在当地开办的一所小学学习。学校位

/ 塔那那利佛市中心

/ 住在路边的当地居民

于离使馆很近的一条主干道上。一次随大使外出返回的路上，我在学校门口的对面拍到这样一张照片：一个妇女坐在路边，怀中的两个孩子一个刚刚出生，另一个大概一两岁。这对母子身上的衣服如土地般又黑又黄，看不出原本的颜色。女人身后是一个大垃圾箱。旁边树枝围起来的东西就是他们的全部家当，几根竹竿在墙上撑起一块塑料布，下面就是睡觉的地方。接送孩子上学时，我经常看到她在垃圾桶里翻翻拣拣，我也拿过几次孩子穿小的衣服给她。我在塔那那利佛生活了将近5年，到我离开的时候，两个孩子已经光着脚在路上追着汽车乞讨，但窝棚的样子从未改变。他们对面的法国小学，每天车来车往接送着法国侨民以及当地有钱人家的孩子，而这两个每天赤脚乞讨的孩子，他们的未来又在何处？

塔那那利佛的人们穿着时髦，鲜见有人穿袍子之类的传统服装。据当地报纸的报道，马达加斯加的网速达到24.9兆比特每秒（Mbps），甚至一度赶超英国、加拿大等发达国家，世界排名第22位；全国有至少340万互联网用户，社交媒体Facebook的实际渗透率达到9.14%。一定程度的现代化、与外界丰富的联系，使得当地人并不具备安贫乐道的气质，而更多地处于一种焦躁地谋求生存与发展的状态中。

工作视角的转换

中国的发展奇迹对远在天边的马达加斯加有很大的吸引力。我在使馆的前两年是在政治处工作，除了政治经济调研，我们也会举办很多招待会和开放日之类的活动，让当地人对中国有更多的了解。这方面的工作难度不大，因为当地官员对中国发展腾飞的"奥秘"十分感兴趣。虽然面对西方国家的各种压力，他们仍然非常愿意了解有关中国的情况和合作机会。普通民众也经常把致富的希望寄托在与中国有关的方向上。马达加斯加设有两所孔子学院，到孔子学院读书或者在社会上参加中文培训的年轻人逐年增长，其中的不少人中文说得非常流利。这些年轻人中有的人是希望学会中文后在当地中国人经营的生意中谋个工作（中文比较好的翻译可以拿到人民币两三千元的月薪甚至更高），也有一些人具备经商的头脑，在学习的过程中积极寻找一些和中国有关的生意机会。

因此，我在政治处工作期间，接触的都是两国关系的光明面，虽然辛苦了点，心情一直比较晴朗。但是，调任领事部负责人之后，随着工作视角的转换，我的心态发生了一些变化，变得沉重起来。

人们认为领事部的工作就是平时看到最多的签证、护照、公认证等等的办理。的确，这些占了日常工作很大一部分。随着两国关系的不断发展，签证业务量不断扩大。虽然逐步增加了随任家属、当地雇员等协助性的岗位，但工作量还是很大，晚上加班到九十点钟是家常便饭。

另外，领事部还有一些外人看不到工作量的工作，比如维持好与当地军、警、宪等部门的关系，以及领事保护。领事保护工作面临当地治安形势不好和中国侨民众多两大挑战。

从安全形势来看，马达加斯加局势总体平稳，尽管2009年政治危机时，首都曾发生暴乱，但没有一些非洲大陆国家面临的常年内战等情况；令政府困扰的"盗牛贼"频频武装抢劫、伏击军警，幸而总体人数不多，活动也限于南方个别大区。但是，困苦的人民生活和非常有限的军警宪力量，注定了马达加斯加的治安形势不会太好。从马达加斯加警方公布的数据来看，每当经济下行，盗抢事件的数量就会大幅攀升。每天的报纸上几乎都有大大小小的治安案件报道。我们馆里的每个同事都曾因为在路上堵车的时候开着车窗，被人从窗外抢夺过手机；还有同事在市场发现小偷在偷自己口袋里的现金，反抗时被小刀划伤手臂。

从侨民人数看，马达加斯加的中国侨民保守统计有六七万人，仅次于南非。他们中一部分是 19 世纪末法国殖民者从闽粤等沿海地区招募的契约劳工的后代，也有一部分是后来到非洲淘金的人。一些中国人通过从国内搬运各种商品到马达加斯加批发起家。这些商品有的有一定技术含量，比如家具电器；有些就是非常普通的日用品，如拖鞋等。同时，作为著名的旅游目的地，马达加斯加也吸引了大批中国游客。在安全形势不佳和侨民人数众多的双重作用之下，一年到头来使馆报案的中国人络绎不绝。在涉及盗抢受害的案件中，受重伤和枪伤的比例逐年上升。然而，面对华侨被抢劫受伤甚至死亡，我们能做的只有要求警方追捕逃犯和协助家属做好善后工作。面对工作中的遗憾，我的心情非常沉重。

2017 年，一对中国夫妇被一名中国侨民残忍杀害。由于事件影响十分恶劣，中国公安部派了工作组到当地对案件进行调查取证，对嫌犯进行了重新审问，并最终在马国司法、警务等部门的配合下，破例将嫌疑人带回国内审判。在历经几个月艰苦的工作之后，一切尘埃落定。根据受害者家属的意见，受害者的遗体在当地火化。当日，我代表使馆前往了火化现场。塔那那利佛的火化场并没有专业的火化炉设备，只是一个小院子，和一个像亭子一样的火化间。在当地华侨的操办下，我们向死者的遗体做了最后的告别，工作人员就将尸体抬到松木搭的架子上点火焚化。后来，有同事问我，在当时那个简陋的焚尸场景之下，是否有感到恐惧？我说，彼时彼刻，死者年迈的老父亲和独生子拉住我的手失声大哭，我心中百感交集，哪有一丝丝的空间留给恐惧呢？我当时万分感慨，虽然事件的最后，受害者家属对使馆反复表达了感激之情，甚至两国司法和警务的合作关系都再一次拉近了，但是生命已经逝去，我们再多的工作也已经无法挽回这个事实。那一刻，站在风中，我的心中无比苍凉。

在形形色色的中国侨民死者当中，有不慎失足落水的；有在外省患了"脑疟"，抢救的直升机还没有从首都起飞，生命就已黯然逝去的；有因为被抢劫犯重击，受伤抢救无效的……那几年，我的心中常常感觉无比苍凉和无力，也经常感叹生命是如此脆弱。出海淘金的时候，我们往往看到非洲充足而便宜的劳动力（那几年当地人月工资大约是人民币三四百元，记者、一些公务员可以到八九百元），以及其他成本低廉的地方，但是隐形的安全成本其实万万不可小觑。

困境与收获

我们的宿舍在使馆中，基本的水电卫生条件可以得到保障，但是限于当地的经济发展状况，生活水平十分有限。例如，就医的困难非常突出。大部分常见的头疼脑热可以从中国医疗队和一些法国医院拿到药品，但是需要复杂救治的病症只能前往附近的毛里求斯、留尼汪或者回国治疗。我在任期间曾有一只眼睛视网膜出血，在眼科医院排了一整天队才做上检查，结果因为仪器过于落后，精度不足以检测出眼底发生的问题，只好申请离境前往欧洲治疗。这过程中耽误了几天，我的视网膜出现了瘢痕，虽未失明，但造成了视物轻微变形，无法恢复。

不过，我仍然认为有机会在这样的地方常驻，可以给人带来很不一样的收获。

其一，在有限的条件下创新地解决问题，可以带给人很强的成就感。2017年，外交部部长王毅开年首访非洲，第一站就是马达加斯加，我当时承担了接待外长团的礼宾统筹工作。在平日的工作交往中，我和马外交部的礼宾司长已经非常熟悉，确定来访日期后，我到外交部和他一起对日程和各项活动安排进行了详细的沟通。当时，我们面临的第一个困难是找不到一个合适的会谈场地。冥思苦想之后，我们做了一个大胆的决定：我从中国援建的体育馆联络组那里借来了两张乒乓球台，礼宾司长去找了一块足够大的桌布，我们一起在一个面积比较大的会议室里将会谈现场和签字仪式现场都布置了起来。从后面的会谈效果来看，双方的团队都非常满意，没有人发现这张摆好座位卡、纸笔和矿泉水的宽大会议桌，其实是乒乓球台拼成的。

其二，在经济发达的城市，人们有着过多灯红酒绿的选择，心智往往因眼花缭乱而迷失；当我们被迫居住在寂寞的环境，放弃寻求外界的刺激，反而可以安安心心面对当下的日子。我刚到马国的时候，的确心也凉过。在接机同事的车上，我把头靠在车窗上，看到昏黄的灯光下，人行道上密密麻麻的一双双棕黑色的赤脚，拥挤而嘈杂。想到未来几年就要在这样脏乱差的环境中度过，我感到那个夜晚的路特别漫长。但是久而久之，我也学会了在这个环境中自得其乐。马国当地的条件、治安形势和我们的工作纪律，注定了我们平日下班后外出闲逛的几率为零，只有在周末结伴带孩子去逛逛商场和公园，时间长了也再无什么新鲜的去处。但是，我更愿意去感受让人知足的方面。比如首都的物资品种很丰富，在菜市场可以买到大多数常见蔬菜，甚至很多小摊主会用中文向你叫卖："丝瓜，空心菜！"当地有不少老华侨开的中餐馆，经营广东烧腊、粤菜、顺德菜等。以西方商品为主的大超市，也有较大的亚洲食品货架，很容易买到酱油、粉丝等食品。可以说，在马达加斯加，我们饭桌上的丰富程度要远远高于在欧洲常驻的5年。另外，在繁忙的工作之余，读书，写字，在院子里静静欣赏一朵盛开的鲜花，都显得十分静谧而美好。

对大多数人来说，没有实地体验，不同国家的发展水平就只是一串呆板的数字，只有长期地处于当地的环境，才能感受到心灵的冲击。我的两个孩子尤为明显。他们从中国到欧洲，再到非洲，对当地人民的贫苦生活产生了深切的同情。他们的眼中不是只有功课、游戏和自己眼前的生活，而有了更多思考的空间和多维的视角，甚至立下志向长大以后从事与促进贫困地区发展有关的工作。这段经历，无疑将成为我们一生中宝贵的财富。

出海印度尼西亚

黄颖[*]

2022 年，我作为京东国际业务人事总经理，被公司外派到印度尼西亚的雅加达分公司。那一年，疫情的阴影仍旧笼罩着世界。国内防控措施仍然严格，海外虽然已经放宽了管控，但人们对疫情的恐惧并未消散。出国，对于大多数人来说，依旧是一个需要勇气的选择。然而，就在这样一个充满挑战的时刻，我毅然决然地踏上了前往印尼的旅程，在一年中肩负起了两项艰巨的任务——年初协助新的首席执行官上任，年末却要关闭印尼海外分公司。

这不是我第一次来雅加达，但却是第一次待上那么长的时间。这也给了我深入了解印尼的机会，了解这个 2.8 亿人口的大国。

在雅加达的街头，喧嚣是这座城市的主旋律。摩托车的轰鸣声此起彼伏，它们如同城市的血脉，穿梭在狭窄的街道上，带来了一种独特的活力。然而，这种活力背后，是让人难以忽视的噪声，它们在清晨四点

---

[*] 黄颖，京东集团原国际业务人事总监。

的祷告声中达到顶峰,清真寺的喇叭发出的呼唤穿透了宁静的夜空,唤醒了沉睡的城市。

雅加达的交通是一幅混乱的画卷。行人和车辆在没有红绿灯的路口交织,形成了一种独特的街头风景。在这里,有一种特殊的职业——"挡车人",他们用身体作为屏障,为司机和行人争取穿越车流的机会。这种场景,对于初来乍到的人来说,既新奇又充满挑战。

然而,在这看似混乱的表象之下,印尼人民展现出了一种平和的生活态度。尽管人均收入不高,但他们的生活态度乐观,孩子们的笑声在街头巷尾回荡,这是印尼独有的生活气息。

/ 雅加达老城广场,荷兰总督府前的彩色自行车

对以上这些大环境的了解，也让我这个外来的人事经理开始理解我们雇佣的本地员工，他们总是那么知足常乐。

印尼是一个典型的以伊斯兰教为主要宗教的国家，2.8亿的人口当中87%是穆斯林。在印尼办公室上班的第一天，我就感受到了不同。在中国国内，人力资源部门大多以女性员工为主，而印尼的部门里则男性的比例很高。第一次开周例会是下午三点，没一会儿就有几个男员工请假，说他们需要离开一会。我还想这是开着会烟瘾犯了，要去抽烟吗？后来才发现不是，而是即使在公司上班的工作日，他们也要到点去做祷告。我们的办公室还给他们专门设置了祷告室，这也是我们对当地文化和当地员工宗教的尊重。

我刚到印尼时，比我早外派的中国管理者就提醒我，印尼人说话通常很婉转，所以就出现过很多次这种情况：当地员工表面上答应得很好的工作，到提交日期的时候却发现项目还未开展。原来印尼人一般不直接表达他们的情绪和观点，他们不喜欢冲突，所以对于上司传达的项目或者观点，即便他们不认可，也都说好好好，但不去实际执行，这就经常导致误解和沟通障碍。长此以往，中方的很多管理者就会抱怨当地人工作步调缓慢，效率低，工作节奏悠闲。尤其在斋月期间，工作生活的节奏都会根据宗教习俗进行调整。穆斯林员工恪守日出后禁食禁水的教规，下班也会提前，所以整体工作时间缩短了不少。

后来我做过全员的员工调查，和100多名员工进行了一对一访谈，了解到当地员工如何看待中方和他们的合作。他们提议中方的管理者需要多和本地员工沟通，确认他们真的明白和认同上级安排的工作要求，而不是默认他们都懂，并且主动在项目进展过程中多问他们，多给予支持。

印尼人很重视家庭，私人时间对他们来说十分重要，所以像国内24小时手机不离身随时可以工作的现象，在印尼当地的职场不是很常见。经常会有中国管理者抱怨当地员工下班后不回邮件或信息，事情得不到及时解决。后来可能是由于双方的融合和浸透，有些当地同事逐渐接受了我国互联网企业的"卷"文化，即使下班后也带着笔记本电脑回家，回工作的信息。

中国公司出海从来都不是一帆风顺的，一个当地首席执行官的更迭会引发管理层的动荡。年初集团由于对印尼的业绩不满，派遣了新的首席执行官前往印尼，没想到履新非常不顺利。和原来的首席执行官相比，他更年轻，同时因为缺乏较好的英文口语水平，很多时候都需要借助于翻译，于是他遭到了当地管理团队的各种不配合。工作困难之际，我临危受命被派往印尼。因为我一方面有过海外的工作经验，另一方面比较熟悉中国总部的情况，所以我需要协助他适应当地团队，并且短时间内能制定扭转局面的战略。

当时我们公司在印尼的业务覆盖了电商和物流，员工数量一度达到3000人，在十几个岛上都分布有我们的仓库。

由于印尼电商行业的人才储备不足，人力资源部门不得不从其他外资企业中寻找合适的人才。所以在印尼的管理团队中，有着来自印度、瑞士、意大利、印尼等国的管理者，他们构成了一个多元化的小联合国。在我到达的时候，不止一位外籍高管跟我抱怨我们公司的文化，认为它太过中国化，缺乏国际化的视野。更有甚者，他们还期望利用我新来乍到，用各种方式为他们自己谋利益。我一方面要获得新任首席执行官的信任，另一方面又要获得国际化管理团队的信任，这也是个不小的挑战。

正当我们把工作理顺，通过 8 月 8 日大促销取得一个业绩开门红，公司整体的氛围有所提升，9 月初集团总部就传来了一个噩耗——关闭印尼分公司。

总部 6 年前在这片土地上播下了希望的种子，期待着在这个人口大国用中国互联网企业的经验收获丰硕的果实。但是 6 年过去，印尼分公司与北京总部之间的信任和资源协调一直没有得到很好的解决。公司在当地市场发展不如预期，电商排名日渐下滑到第六名，于是集团总部最终选择了关闭印尼分公司。这不仅是对公司战略的一次重大调整，也是对我个人能力的一次严峻考验。如何在短时间内完成 3000 名员工的遣散，成为我面临的巨大难题。

在中国国内关闭公司都很有挑战性，而要关闭海外分公司，在不同的文化背景下，更是意味着要面对复杂的法律程序、繁琐的财务清算，以及与员工的沟通协商。每一步都充满了挑战，每一个决定都牵一发而动全身。在那个艰难的时刻，我深感责任重大，每一个细节都需要精心策划，每一次对话都需要谨慎斟酌。我和当地的人事同事们反复地研究当地的劳动法，去借鉴市场上同年度其他互联网公司的裁员政策和补偿，最终制定出了我们公司的整体方案。

我记得，当首席执行官第一次向员工宣布关闭的消息时，会议室里的空气仿佛凝固了。员工们的眼神中充满了惊讶、不解甚至愤怒。他们中的许多人，已经在公司工作多年，对这里充满了感情。面对他们的质疑和不舍，我尽力保持镇定，耐心地解释公司的决定，以及我们将会采取措施来保障他们的权益。

和员工的沟通相对比较顺利，我们用了一个月的时间完成了所有的员工文件签署，和管理层的沟通反而是一个巨大的挑战。拉锯、对我个人的攻击，有阵子让我夜不能寐。我没有选择一个人去作战，而是充分发挥了当地人事同事对于当地劳资的熟悉度，很好地做好了与当地劳工部的沟通。我们还提前和当地的人力相关部门做了报备，并且也和我国驻印尼的外交机构保持紧密的沟通，以防意外的发生。同时我们还要争取国内的上层管理者的支持，因为关闭公司这个行为牵涉到的利益方太多了。

在随后的日子里，我与团队一起，夜以继日地工作，处理着各种繁杂的事务。我们与律师团队紧密合作，确保所有的程序都合规合法；我们与财务部门密切沟通，确保每一笔账目都清晰透明；我们与员工进行了无数次的对话，倾听他们的声音，解答他们的疑惑。

最终，在经历了无数个不眠之夜和数不清的挑战后，我们成功地完成了关闭分公司的任务。虽然这是一个充满遗憾的结局，但我知道，我们所做的一切都是为了公司的未来，为了所有员工的未来。

印尼的市场并非不适合中国公司出海。事实上，印尼的消费者对许多中国品牌，如 vivo 和小米，有着很高的认可度。这些品牌在雅加达的繁华商场中，与苹果旗舰店相媲美，显示出了中国品牌在当地市场的实力。

离开雅加达的那一天，我站在机场的候机厅，回望着这座曾经奋斗过的城市，心中充满了复杂的情感。疫情的阴霾尚未散去，但我相信，只要我们心中有光，就没有什么能够阻挡我们前进的脚步。雅加达，这座充满挑战与机遇的城市，将永远铭记在我的心中。

在过去 10 年的时间里，我一直都在海外以及中国企业出海的赛道上，看到了外资企业管理上的先进，也看到了我国企业的奋起直追。当下我国许多企业的产品和经营模式已经在全球起到引领作用。海外有着极大的市场。尽管在商品的丰富度、供应链上，很多国家都远不及我国，但是我们在产品出海、模式出海的过程中，最大的挑战还是如何找到当地市场真正的需求，做好本地化，真正做好国际化管理。

出海路漫漫，你我皆修行。

教育
见闻

在肯尼亚的三个片段

黄正骊[*]

西奥港的足球教练

2011年12月的一天,我在肯尼亚、乌干达边境一个叫西奥港的小镇参加一届肯尼亚少年足球联赛的半决赛和总决赛。五个月之前,我第一次来到非洲,前往肯尼亚内罗毕的联合国人居署机构实习。在此之前我对非洲几乎一无所知,而5个月之间我参加了多个贫民窟改造项目,还被派往肯尼亚西部的基苏木市驻地调研。此时的我尽管对非洲城市依旧很无知,但我在此间给博士生导师的邮件中写道:"虽然尚无法理性总结我在非洲的经历,但此间工作终于让我感觉到城市研究的意义。"

为了节约时间,在这个叫西奥港的地方,肯尼亚的少年们决定把半决赛和决赛一起搞了。这意味着所有的人在这里将度过漫长的一天,运动员们将消耗大量体力,而我也在当日的5点多就从基苏木起身,在大巴上颠簸3个小时,来到烈日下的西奥港足球场。从基苏木到西奥港的

---

[*] 黄正骊,同济大学建筑与城市规划学院博士后。

这片区域实在不算什么发达地区，道路坑坑洼洼，大巴在避让坑洞的缓行中偶尔加速，颠簸让本想在车上补觉的我因脑袋频频磕上车窗玻璃而眩晕，晨光里的草原乡村风光、车旁好奇并行的老鹰却也让人心情愉快。因为我参与募集了这场决赛的一部分奖品，又离决赛地点很近，主办方热情地邀请我作为嘉宾观摩比赛。

临近赤道的西奥港足球场一半是草一半是沙，比赛从中午 11 点进行到下午 5 点，正是一天中最热的时候。大部分少年是光脚比赛，半决赛所有的制服都是向年龄较大的球员借来的，大多腋下已经开线。我看着这些 14 岁光景的少年，纤细的四肢和躯体在太阳底下熠熠生辉，动作协调而灵动，心里好生钦佩。运动员们大多不住在西奥港，一大半的孩子住在 5 公里甚至 10 公里开外的地方，一大清早就翻山越岭，徒步几个小时走到这里。半决赛结束后，得胜的队伍稍做休息就进入了决赛。我问他们为什么踢足球，一个孩子想想说："足球好像是我小时候接触到的唯一运动。爸爸用绳子把破布一捆，我们就在茅草地上踢起来了。"

球赛的间隙，我正和几个少年运动员聊着天，一个高大健壮却愁眉苦脸的教练向我走了过来。在正午的太阳中，我看到了他紧锁的眉间释放出的压迫感，不由得后脑勺一紧。这样的愁苦神情对于在肯尼亚贫穷地区工作多日的我已经不再陌生。我作为现场唯一的外国人，经常被礼貌地伸手要钱。起初我会倾囊相助，但次数多了就让人无所适从。果不其然，教练走来后压低了声音，用他毕生最为客气的英语对我柔声说："女士你好，我想以友好的态度请求你伸出援手，给予我们一些财务的赞助。我们学校的球场，球门是木头支的，很容易就折了，木刺也容易伤人。我想把它们换成铁的，让孩子们更安全地运动。"他话音未落，我就抢答道："我自己并没有钱，但我会把少年们的努力记录下来，然后我的朋友会看见，朋友的朋友也会看见。好好踢球吧，一切都会好起来的。"说完我就走开了。我心想，许多穷人活得有自信和自尊，会利用有限的资源过最适宜的生活而不要求别人的怜悯；但也有一些人处处依赖接济，就是这些人让这个世界误以为穷人只有受到接济才能存活。所以看到这位苦情的中年男教练，我心里有点不是滋味。

茫然间我回头望了一眼，只见这苦情男摇身一变，正怒目圆瞪训斥刚才没有好好踢球的两个小孩，把他们骂得低头不语。突然我好像被针扎了一下。一个在孩子们面前素来威严无比的教练，一个肩膀宽阔胸脯厚实的中年男人，想必曾经对足球一样充满希冀。虽然眼神里的激情已经被洗刷干净，他却为了这群对足球这一唯一的体育运动仍旧怀有希望的少年，放下自己的尊严和威望低声下气地向一个不懂足球的外国人乞求帮助，这举动本身就需要很大的勇气和力量。在那个瞬间，我突然感到自己放下了内心的顽固，学会了不只站在自己的角度考虑问题。我感到有一扇门为我打开。从这天开始，我允许新的逻辑、视角和观点自由地进入我的脑子，我对非洲的了解也才真正开始。

班尼迪克和"劳力士"

2014年4月至9月，我在肯尼亚第二大贫民窟马萨雷谷参与建造一所学校，名叫 MCEDO 北京学校。学校的南面有一个小山坡，在工程开始实施之后，我有时会坐在坡顶上观察工程进度。8 月的一天，项目终于进入正式施工，我坐在小山坡顶上一边回忆三个月以来的折腾，一边自嘲为何会为这么小的一个项目吃这么多苦。

学校位于贫民窟内部，建筑的预算、操作空间、工程时间都控制得非常有限，因此采用了香港中文大学建筑系朱竞翔教授团队研发的预制手法，主体结构和围护结构都在深圳完成，每个构件都根据 40 尺集装箱的内部空间尺寸以及操作需要来设计。为了最大化现场施工的效率并平衡海运的费用，设计采用了折叠结构。所有构件折叠后装进五个货柜，转运至施工现场后，工程团队在一台吊机的帮助下将折叠结构打开并立体化拼塑。设计团队对施工过程非常缜密地设计和推演，确保工程上不会出较大的问题，但当货物抵达肯尼亚后，还是出现了种种让人意想不到的情况。

首先是清关程序出了问题。在项目捐赠协议签订之后，肯尼亚颁布了新宪法，修改了税务细则，因此建筑构件进口的税费增加了数十万元。我跑了无数个政府办公室，找了许多"说话有分量"的人，开车载着他们和我一起前往政府大楼，以至于大楼保安甚至以为我是一位来自中国的专职司机。我在许多政要面前哭诉无端税款带来的压力，以及再不清关会带来的滞港费用，最后内罗毕负责教育的副市长握着我的手说："我很理解你的处境，按照法律程序我们可以启动修宪的诉讼。但你若想在当下解决税务问题，最快的办法是面向社会筹款。"最终，在各方的帮助之下，我终于在海运公司收取滞纳金之前筹足了高额税款，五个货柜从海关放行。

正当我松一口气，以为一切进入正轨时，其中一辆货柜车却忽然不见了踪影。一天之后才知道，这位司机长途奔忙，终于忍不住在路边的加油站合眼睡了一宿，而代价就是所有其他货柜车以及卸货用的吊车都得在原地待命。由于 MCEDO 北京学校的施工现场太过拥挤，进入场地需要经过两个陡坡和一个急转弯，巨大的货柜卡车不可能同时进入场地，所以五个货柜必须依次分别到达现场进行拆柜，而这辆失踪的货柜车排行第二。

找到了司机，五辆车依次进入场地，天公又下起了大雨。卡车陷入了贫民窟外沿的泥地中。工程陷入停滞，我和另一位工程师小吴为解决方案争论了一晚没有合眼。雨停之后，我们终于得以将车辆救出泥潭，结果某个不争气的司机违规操作，未将货柜锁在车辆底座上，导致卸货时货柜差点倾覆，而重达数吨的建筑结构重重地砸在一起，预制的钢材发生了重度弯曲。在人口密度极高的贫民窟，这是极为危险的事情，我差一点和这位不负责任的司机扭打起来，为此还将裤子扯出一个大洞。我和吴工巡遍全城，终于在内罗毕市郊找到了一个工厂，经验丰富的老师傅神通广大，用出人意料的方法帮我们修复了钢材，也把我们从火坑里捞了出来。

内罗毕的那个雨季，我几乎每日都在经历失误的焦虑和事故的重击，也偶尔得遇获救的曙光。这种上下起伏将我折磨得身心俱疲。在此期间，MCEDO北京学校的校长班尼迪克就像马路拐角的一树花，常常在不经意间给我带来一丝温情。他知道我喜欢吃一种被当地人称作"劳力士"的鸡蛋饼。每当我早上需要提前开工的时候，他都会悄悄地找人去买一副给我。加鸡蛋的"劳力士"是奢侈的早餐，油亮的炸鸡蛋与粗糙的烫面饼之间若即若离，折成一个三角形在塑料袋里冒着热气，一副要一百先令。项目开始以来，班尼迪克至少给我买了十几次饼，但他从来没有问我要过钱。

那天上午我就吃着"劳力士"坐在山坡上，焦躁的心情正悄悄远去。我一边清点已经卸下的建筑材料，一边瞥见负责招工的杰克森给排队登记的贫民窟居民科普工程安全知识。排队应聘的人中有一些极为年轻的小伙子，也有妇女——大多数是学校学生的妈妈，平时在街道上卖菜。他们的眼神中充满了困惑，大多数人连扳手也没有使过，更不理解我们为何要对钢结构材料做清点整理，有人甚至想把其中的一些东西顺手拎回家去。

这时队伍中的一位妈妈因为太过好奇，径直走向堆放在不远处、垒在一起高达三米的钢结构楼板。她戴着深蓝色的传统头巾，丰腴的身材和平缓的步伐给人一种慈祥安定的感觉，然而她停在建筑材料跟前，抬头看着这堆庞大的建材，伸到一半的右手却犹豫又胆怯地停在半空中，好像一只还没有学会爬树的猎豹端详着树上的同伴，好奇、渴望，又有些惊慌。校长班尼迪克不知何时出现，走到她的身边，拉起她的手放在了建材的其中一根方钢上。这位妈妈小心地松开手抚摸着钢材上下打

/ MCEDO 学校建成后所有工人的合影

量,又看看班尼迪克,许久后终于问出一句话:"这……这就是了吗?"没有半秒的犹豫,班尼迪克充满信心地回答:"是的,这就是孩子们的教室。"

那一刻,耀眼的阳光照在白色的钢材上,映衬出两人灿烂的笑。我感觉到前所未有的轻盈,此前流下的汗水和泪水都已经随着赤道的日光蒸腾,烟消云散。

老城里的康教授

2022 年 4 月的一天下午,天气闷热。我浑身淌着汗,举着手机,

教育见闻

在蒙巴萨"老城"的小巷里走着。我手机镜头里是蒙巴萨"老城"中富有斯瓦希里文化特色、蜿蜒舒适的街道，我身前不远处是蒙巴萨技术大学的康·卡兰德教授，他正激情澎湃地讲述着"老城"街道的历史。手机的4G信号将我眼前的一切送往视频会议另一端——位于上海同济大学建筑系的师生和位于世界各地的几位专家面前。蒙巴萨"老城"是东非印度洋海岸线数个斯瓦希里海港城市之一。这些源自古代的城邦留下了极具特色的文化遗产——白色的石头建筑围合出蜿蜒的街道，俗称"石头城"，其中一些被联合国教科文组织纳入世界遗产名录。2021年开始，同济大学和蒙巴萨技术大学展开合作，对蒙巴萨"老城"的建筑遗产进行研究。因为疫情，上海的师生和受邀的外国专家都没能来到课题研究的基地，因此我和康教授一起计划了这次"云参观"，把基地的

/ 蒙巴萨"老城"街景

走访搬到了线上。

4月的北半球正从寒冬中走出,而我和康教授在赤道的印度洋边挥洒着汗水。好在"老城"的街道有一种神奇的降温作用,空气里弥漫着一股海风的咸味,小巷里飘出来的风让我们体会到阵阵清凉。康教授说,蜿蜒的小巷是斯瓦希里城市天然的游击战场。数百年间,来自世界各地的征服者乘着印度洋上的季风来到这里,试图拿下蒙巴萨。这里和我去过的其他非洲城市都很不一样,漫长的历史使得蒙巴萨"老城"的居民拥有一种独特的沉着气质。我在不久前路过一个木工作坊,两位木匠正在做雕刻练习,他们举起一张长约两米的实木茶几,木料颜色很深,上有大大小小的孔洞。我上前询问木材的来源,木匠笑着说:"这块木头可能比你爷爷的爷爷年纪还要大。它应该是几百年前从印度洋的另一头漂洋而来的。我们这里这样的木头很多,这一块曾经是船板,后来成为门,再后来成为家具,现在保养一下,可以用来做一件新的家具。"

一块木材是如何在几百年前穿越印度洋,从印度来到东非的?我带着这样的问题在蒙巴萨斯瓦希里文化中心的图书馆开始了阅读。我读到印度洋的季风洋流,在这半年内是顺时针流动,在那半年却是逆时针的。在蒸汽动力船只发明之前的数个世纪,正是这一条洋流造就了印度洋上的贸易循环。一本英文书中说,四月从蒙巴萨下海,三周之后就可以到达印度加尔各答。后来我在《星槎胜览》中也读到,郑和团队从"锡兰山"出发,三周之后就到达了东非。中世纪印度洋的贸易版图在我眼前徐徐展开,蒙巴萨的文化遗产也因此活了起来。

康教授对我说，蒙巴萨的历史远比印度洋的贸易更悠长、更复杂。自中世纪开始，全球各种政治力量不断在蒙巴萨展开博弈。先是阿曼人来了，之后是达·伽马和他的葡萄牙侵略者，而后是英国殖民者。而康教授的祖先是来自伊朗地区的俾路支人，他们也曾是蒙巴萨抗击侵略者过程中很重要的一支力量。听康教授讲述着这些历史，我不禁好奇地问："那你觉得自己究竟是肯尼亚人、斯瓦希里人，还是俾路支人？"康教授哈哈大笑："这怎么能是个单选题呢？我既是肯尼亚人，又是斯瓦希里人和俾路支人，我还是土生土长的蒙巴萨'老城'人。谁规定一个人只能有一种文化认同呢？"这时我面前的康教授变成了一幅立体主义的肖像画——复杂多面而又饱含深意。一个人的确可以是立体而多面的，一座城市、一个地方也可以。

我突然想起11年前的7月，一无所知的我经历长途飞行后终于第一次降落在内罗毕国际机场。当时已是半夜10点多，接我的司机是一位热情的小伙，他不顾我困倦的表情，一边开车一边指着窗外大声说："你看呀，这里是国家公园！长颈鹿在这里奔跑！这里是辉煌的城市中心！你可以看到总统的护卫队。那边是印度人居住的地方，有特别好吃的咖喱饭！那边是联合国，这一带环境幽雅，你一定会喜欢的！"那时的窗外漆黑一片，我却已然感受到了这座城市的多面和立体。我也从司机闪闪发光的眼神里感觉到，一个新的世界正在向我奔来。

（本文原载于《中国投资》2024年Z4期。）

日本的传统与现代

李昊光[*]

"完美"的老师

2022年4月，我在东京与新结识的几位朋友一起参观青山学院大学的校园。这所大学坐落在被誉为"世界潮流中心"的东京都涩谷区，四周汇聚了全球顶级奢侈品牌，橱窗中陈列着琳琅满目的时尚单品，令人目不暇接。几乎每一个在这里行走的人都是洋气的时尚达人。由此，青山学院大学被称为日本最时尚的学校，并且也流传许多比较戏剧性的说法，诸如这里是"日本颜值第一校"或"穿得土气进校门会被嘲笑"等等。因此我们几人特意精心打扮了一番，踏入这座校园。

我们一行人中有一位日本女生——茜，正在青山学院大学攻读本科学位。她带领我们穿梭在校园的建筑群之间，并向我们一一讲解校园的每一处景观。学校的大门口矗立着一座耶稣雕像，校内深处也有一座基督教的礼拜堂。具体建成年份不详，但从外观看建筑整体很新，并没有

---

[*] 李昊光，留学生，日本庆应义塾大学在读博士研究生。

欧洲教堂那种古老的、历经沧桑的厚重感。日本大学的校园普遍不大，但布局十分精致，细节十分考究。放眼望去，可以看出每一棵树苗种植的位置都经过精心挑选，树杈也都是专人定期细心修剪的。教学楼大都是仿西方的建筑风格而建，乍看之下很像欧洲的博物馆。

在这片坐落于全世界时尚最前沿街区中的精致校园里，我们几个朋友坐在食堂的露天座位上畅聊未来。

可以说茜是一个语言天才。她在大学的专业是英美文学，但是在读期间同时学习中文并通过了高难度的HSK6考试，来年毕业后打算前往中国，在大陆或台湾地区继续攻读硕士。我们一行人中其余几个朋友都是中国人，所以话题自然就落到了茜的学习历程以及未来留学规划上。

茜告诉我们，她刚收到了北京大学的拒信，心情十分低落，目前还在等待大陆的其他院校和台湾大学的结果。在安慰的同时，我们也向她提出了自己的疑惑，是什么原因使得茜——一个学习英美文学的日本学生——决定转去攻读中国的相关研究呢？

说到此处，茜有些许激动，提到了自己的导师——一位研究中国问题的专家。她在我们面前，用流畅的中文夹杂着一些无法准确表达成中文的日语词汇，激动地赞扬着她的导师，表示十分感激她的导师教给她知识并为她写推荐信，让她可以前往中国继续留学深造。她告诉我们，她的导师性格十分温柔，使得她对中国产生了浓厚的兴趣，并有意进一步研究这个古老的、对日本影响颇大的文明。说到动情处，茜泪眼婆娑，对导师的感激之情溢于言表。

"你们知道吗,我的老师就是我的'神さま'(神明)!"茜继续吐露着她对导师的敬仰和虔诚。茜告诉我们,对导师的话她从不质疑,总是全盘接受,深信导师是"永远正确"且"完美"的,并坦言从未怀疑过导师的任何一句话。

听到这里,我愣了一下。作为一个在美国接受高等教育又到日本留学的中国人,我虽然对东亚的尊师文化并不陌生,但很早就习惯了美式教育中的辩证性思维,所以对茜的表现有些许震惊。置身于这座细节尽显欧风美雨、坐落在日本时尚潮流之地的校园中,我不禁开始思考:自19世纪中叶全面接触西方并迈向全盘西化以来,日本究竟在哪些方面实现了"现代化"?又在何种程度上完成了这场转型?在高楼林立、霓虹闪烁的东京街头,繁华之下,我陷入了关于日本现代化与其传统思想共存的沉思。

伊豆的出租车司机

6月初,我和朋友从东京出发,乘坐快速电车前往伊豆半岛旅行。伊豆半岛距离东京仅两三个小时车程,是著名的旅游胜地。由于我的研究方向涉及东亚各国近现代的变迁,我对此次伊豆半岛之行,尤其是对位于伊豆半岛的下田市,也有着极大的学术兴趣。作为19世纪中叶美国著名的佩里将军"黑船来航"的标志性城市,下田在日本近现代史上有着特殊地位——它见证了日本"开国",是日本从传统的幕藩体制向现代国家转型的历史性地标。

/ 下田市设立的美国佩里将军纪念碑

在去往下田的前一天，我们在伊东市游玩至夜色已深，不知不觉错过了一班开往酒店方向的电车，而下一班电车还需等待一个多小时。虽说已是 6 月，夜晚的伊豆半岛依旧透着丝丝寒意，所以穿着短袖短裤的我们决定打车回酒店。日本的出租车向来以极其高昂的价格闻名于世界，但是与之相应的服务质量也是堪称一流。

坐上出租车，车程大概需要 40 分钟，我们便和司机攀谈了起来。出租车司机是一位伊东本地的中年大叔，得知我们是来自中国的留学生后，便热情地向我们介绍伊豆半岛那些不为一般游客所知的景点与美食。当得知我们即将前往下田市时，他显得很兴奋，非常开心地向我们介绍下田的历史。当然，他的讲述不算深入，了解明治维新的人对那段历史都耳熟能详。出于礼貌，我们自然也是附和着，并适时对日本成功的现代化转型表达赞赏。

他告诉我们，鲜有外国游客会特意前往下田参观。而这座城市最著名的景点莫过于"佩里大道"——以此命名纪念佩里将军对日本的"开国之恩"。这位大叔兴致勃勃地向我们讲述着日本如何在美国的影响下打开国门，迈向富强之路，语气中无不透露出对国家走向现代化之路的自豪感。他一边介绍着下田市内各类近代史相关的博物馆、纪念碑，一边感慨道："日本的成功，理应是全体亚洲人的骄傲。证明了亚洲人并不输给白种人！"语气中甚至带着几分激动。我和朋友微微一怔——在19世纪末至20世纪初，这种论调曾是东亚各国普遍推崇的主流观念。

到达酒店，我们便下了车。司机大叔热情地与我们道别，语气里透着几分真挚的感激，还少收了几十日元的零钱。也许在21世纪的今天，愿意听取他所深信不疑并为之骄傲的、一百多年前充满殖民主义色彩论调的人已不多见了，更别说我们还是外国人。但不可否认的是，明治维新前后所产生的思想，依然在当今的日本社会中有着浓墨重彩的一笔。

"谦卑"与"平等"

2023年11月，我到京都大学参加亚洲政经学会的秋季大会。

在会场听完报告后，我与同研究室的日本学弟学妹一同准备离开。正走在楼道里，一位中年男子迎面走来。我礼貌性地微微鞠躬，点头微笑，然而余光里却发现学弟学妹的动作和神态中流露出些许不知所措。察觉到异样，我便问道："刚才那位是谁？"他们一脸惊讶地看着我："你不认识他？国分良成啊！咱们教授见了都得这样——"说到此处，他们做出大幅度不断鞠躬的姿势，神态谦卑得近乎夸张。我自然晓得国分良成老师这位著名学者，也许是傍晚楼道里的光线略微昏暗，一时使得我没有认出。然而，我微微震惊于两位学弟学妹的这些言语。与之前对茜同学的反应相似，我长期以来习惯并深信不疑的辩证性思维，与这种自发性的、根植于日本传统文化中的师生等级制度，仍有无形的冲撞。

此次经历让我感触颇深，也激起了我的好奇心：如果我的导师面对国分老师，真的会像他们所描述的那样谦恭至极吗？这一疑问在我心头让我思索了数月之久。

直到次年5月我和导师的一次单独对谈话中，我终究按捺不住好奇，向导师说起这段经历，并借此请教他如何看待此类现象所折射出的、不仅限于学术界而更深入日本社会的思想与文化。

导师听完后笑了笑。他首先声明，就算是遇见国分老师，他也不会如同学弟学妹所说那般夸张地谦卑。但随即，他话锋一转，指出这种现象在日本极为普遍，尤其是在学术界，等级制度是自发的，且极其根深蒂固。他特别强调，人们表现出这种夸张的谦卑，其动机往往带有极强的务实主义或功利主义色彩——他们的内心未必完全服从，甚至在很多情况下并不同意对方的言语或做法，但是"没办法"。

顺着这个话题，导师提到了他父母生活方式的变化所体现出来的日本社会的整体变迁。他回忆道，在20世纪八九十年代，他的父亲在家中始终坚持由母亲为他倒茶——无论母亲如何忙碌，也无论茶具如何近在咫尺、完全可以"自己动手，丰衣足食"，父亲都绝不会亲自做此类被视为应该由女性承担的事务。

然而，随着时代的迁移，诸如此类的做法在家里渐渐消失，取而代之的是更加"平等"的家庭关系。导师告诉我，他曾经问过父亲为何放弃了家里一直以来的这个"传统"。父亲淡然答道："因为整个社会，大家都开始这样做了。"

同样地，导师也提到了日本毕业典礼的习俗。与欧美学生在毕业时都穿 cap and gown（学术礼服）不同，在日本一般来讲男生都是身着西装，女生则是穿着日本传统的和服。对此，导师评论道："在日本的文化中，男生通常被鼓励去拥抱现代化，而女生则被赋予继承传统的角色。"

每个国家现代化的模式自然不尽相同。而在一个国家内部，不同社会群体面对现代化时，自发或被动承担的角色与接受的程度也大相径庭。自此，我眼前浮现的是一个更为碎片化，却同时又高度统一的日本——各社会群体在仿佛撕裂般的"谦卑"与"平等"之间不断徘徊，又形成了一整套行之有效的社会规范，维持着和谐与秩序。

岚山的老爷爷

11月底是京都观赏红叶的最佳时机。这座古风浓郁的日本旧都每到这个时刻都会吸引络绎不绝的、来一睹古韵悠长的美景的各国游客。参加完在京都的学术会议后，我和朋友终于有时间在这座美丽的日本古城游玩。尽管此前我曾多次造访京都，但也许是种种机缘巧合，我始终未曾踏足这座城市最著名的景点之一——岚山。此次正值红叶季，我们便决定前往岚山，欣赏秋色醉人的美景。

来自世界各国的游客挤满了开往岚山的电车，抵达景区后，映入眼帘的是一片黑压压的人群，仿佛整个世界都汇聚于此，只为一睹京都秋日的风采。秋天的岚山确实美得让人陶醉——整片整片的红叶铺满山丘，与日本传统的神社、鸟居、庙宇交相辉映。偶尔可见几位身穿神道教绯袴的巫女在神社间穿梭，她们的身影点缀其间，为这片秋日盛景添上一抹静谧而神圣的古韵。想到当天晚上就要乘坐新干线回到被现代化钢铁森林包裹起来的东京，我不禁生出一丝不舍，想在这座古老而静谧的城市之中多留一会。

我和朋友漫步于岚山的各条散步道上，时不时驻足拍摄周围的寺庙与漫山红叶，沉浸在这片东方传统文明与秋日盛景有机交融的和谐之中。我们偶然在地图上发现附近有一个名为"周恩来总理纪念诗碑"的地方。作为中国留学生的我们，便带着几分好奇前往此处。

来到此处的人络绎不绝。在我们前方，三三两两的游客驻足于碑前，并且似乎都与一位老人长时间交谈着什么。我们走近后才发现，那是一位看起来年逾古稀的日本老爷爷，他在不厌其烦地向每一位到访者讲述着周恩来总理在20世纪初来到日本求学，游岚山后写下《雨中岚山》一诗的故事。见到我们前来，老爷爷便立刻热情地为我们从头讲解。由于驻足于此的游客大都是中国人，所以这位日本老爷爷便默认使用中文讲解。尽管他的中文带着稍重的日本口音，但我们作为中国人是可以理解的。

老爷爷手捧周恩来总理与夫人邓颖超的合影，满怀敬意地向我们诉说周总理对中日友好所作出的杰出贡献，并激动地讲述这座纪念碑建立的缘由以及背后的故事。他告诉我们，这座纪念碑是日本人民与政府为了促进中日友好而建的。石头的形状像乌龟，因为乌龟代表长寿，所以此形状寓意中日友好千秋万代、源远流长。他诚挚地向我们表达了歉意，对中日历史上的不愉快深感遗憾，并由衷希望周恩来总理为中日永久和平所付出的努力能被世世代代铭记与传承，直至永远。

石碑前铺满了这位老爷爷精心准备的周总理各个时期的照片，以及用中文书写的讲述周总理生平故事、呼吁中日友好的资料与标语。与老爷爷交流了一些周总理留学日本时的细节后，我们用日语告诉他，我们是在日本求学的中国留学生。听闻此言，老爷爷显得格外兴奋，连连嘱咐我们，希望我们能够铭记周总理为中日友好所付出的努力，并在未来尽己所能，为两国的友好关系贡献一份属于留日中国学生的力量。

送别我们后，老爷爷又转身，继续用中文为接踵而至的中国游客讲述着同样的故事。尽管我阅读过大量学术文献，以更加抽象的方式接触过类似的左派思想和和平主义倡导，但此刻望着这位日复一日、年复一年自发坚守在这里，无论酷暑严寒，始终坚持不懈地向世界宣扬中日友好的老人，还是深受震撼并为之动容。

诚然，老爷爷的影响力远不及学术成就卓越的理论家或颇有作为的政治家，然而他所展现出的这份坚韧与执着深深折服了我。在他的身上，我看到了日本社会中另一群未曾留意过的身影——他们或许没有耀眼的头衔，却以自己的方式，为中日友好默默耕耘。

我不禁想起2017年在美国读大二时，一位研究日本的教授曾向我抛出一个问题：对于现代日本而言，是明治维新的影响更深远，还是麦克阿瑟的影响更大？此问题或许永远没有标准答案，若讨论起来，学者们恐怕也会争得面红耳赤。然而，在日本生活学习的这些年，我逐渐体会到，这两个影响深远的历史节点，至今仍以不同的方式镌刻在日本社会的肌理之中。这个由多重历史因素交织而成的"现代"的日本，值得被我们重新审视。

我在美国高中校队打篮球

刘敏[*]

转学到美国高中后，Michael加入了校篮球队。没想到顺风开局后，迎接他的是语言障碍、伤病和情绪上的高压。高中球队就像一个小型职场，他需要找到自己的优势，争取每一个转瞬即逝的上场机会。3年里，Michael从一个懵懵懂懂的外来孩子，变成了一个更成熟的运动员。

以下内容根据他的讲述整理。

人生第一次毛遂自荐

2021年7月，我刚来到美国，那时美国的学校在放暑假。到美国之后一打听，学校篮球队的队员初选已在6月进行过一次，秋季学期开始以后才能进行下一次选拔。那时也正是新冠疫情传播厉害的时候，学校的体育馆关了。有人告诉我，校篮球队最近都在公园打球，有空可以去看看。

---

[*] 刘敏，《三联生活周刊》主任记者。

这时我刚来美国不到一周，在附近的体育公园里，我第一次见到了我们高中的篮球新生队。我走到教练面前，用磕磕巴巴的英文问："我可以上场试试吗？"

现在回想，教练一定非常惊讶，哪儿冒出来一个中国孩子就要掺和训练？我后来才知道，美国篮球校队的训练非常严格，每次的队员、战术、阵容都是提前规划好的，教练有绝对的权威，任何人都不能随意改变计划。

但那天教练很好心，一节对抗即将结束，最后几分钟时，他同意让我上场试试。

一上场我就有点慌了。虽然在北京时，我天天都跟朋友打球，但从来没遇到过这么强的同龄人——我完全跟不上他们的跑动速度，人家跑两个来回，大气都不喘，我追起来腿都在发抖。

"慢一点慢一点。"我用英语说，盯防的男生看着我笑了，说"OK"。

篮球传到我手里时，我决定用点技巧。对手比我还高，我胯下运球后虚晃一下，假装投篮，对方跳起来，半秒后我才跳起来真正投篮。虽然对手立刻舞动双手挡住了我的视线，但非常幸运的是，球还是进了。

想来太神奇了，那天在场上，我把在北京学到的一些奇怪的运球动作，和自己看过但还没练过的动作，在短短几分钟里全都用上了。尤其最后两分钟，我打得太好了，帮助球队连得了6分。

下场时我看到教练满眼都是惊喜。他问了我的名字，立刻给别人打电话："今天有个中国来的孩子，叫Michael，非常有潜力，你一定要见见他！"

开学后，新生队开始了真正的试训，全校一共 3000 多个学生，当天的招募活动来了 100 多个人。高矮胖瘦，各种族裔的都有，我这一次的表现其实非常一般。没想到，100 多个新人里，只选了我一个，应该还是公园那次让教练的印象太深刻了。

这是我人生中第一次，没有胆怯，主动为自己争取机会，并得到了惊喜的结果。

时隔两年多，现在回头想，打篮球重要的是自信心——有自信，上场的时候你就能发挥最大实力的 80%。想想在公园里那几分钟，我运气也太好了，发挥了 100%。当时我甚至觉得，美国的校队也不过如此嘛。

但我没想到，好运气和自信心，很快就用光了。

妈妈，我可以回国吗？

在北京的时候，我也在初中的校队打球。唯一的教练是一位体育老师，队员也都是普通学生，大家聚在一起完全是因为爱好，平均每半个月会训练两次，一起打球的朋友后来有很多考上了北京四中、人大附中——都是北京最好的高中。实际上我在北京的很多队友都有很强的运动天赋，但因为学业任务太重，平时运动的时间非常少。

在美国，一切都不一样了。我所在的加州，每年 1000 多所高中都会参与校际篮球联赛，我们学校的篮球成绩大约排在前 200 名，大家会

/ 教练在场边指导

为了排名竭尽全力。秋季学期一般是一周三到五练，每次两个小时，强度非常大。

我一进校队就发现，我遇到的第一个障碍，不是身高体重，也不是运动强度，而是来自语言！

"Reverse the ball!"。第一场训练，我就被教练嘴边的术语搞蒙了，他每次喊出这句 reverse the ball，我都听得一头雾水。reverse 是"反转"的意思，但过了很久我才搞懂，这句话比字面上更复杂，不是简单的

"反转这个球",而是球传过来后,要往另一个方向继续传。

战术术语实在太难了。上场前,教练叽里呱啦说了一大堆,我以为是要摆出联防的阵形。真开始联防时,教练又喊出一句话,我拼命往前跑,却发现所有人都在往我的反方向跑。这让我看起来特别傻。

一次比赛时,我还是听不懂教练在喊什么。紧张之下,干脆我一拿到球,就自己拼命往前冲,硬是突破了好几个人的防守,把球投进了。

可是一回头,教练满脸都是愤怒:"你在干什么?!你为什么记不住战术!"

他立刻把我换了下来。相比于某个队员突破能力强,他更需要一个完整的团队,需要场上五个人成体系地密切合作。

"Michael,你不能老凭着自己的感觉打。"教练其实对我非常好,私下甚至会带着我去校外篮球馆打野球。他说,明明在场上大家已经跑出了阵形,可一声令下之后,却眼看着我跑反了方向,或者把球传给了错误的队员。"Michael,你为什么不能专注一点呢?"

其实我不是不专注,而是比赛时很难同时处理好打球和听懂口令的两个问题。语言是每个外国学生都要经历的第一道关,我的障碍提前出现在了篮球场上。

我的上场时间变得越来越少,渐渐地,教练不再让我当首发了。我的自尊心让我变得更敏感了。训练和比赛时,大家都会在场上喷"垃圾话",比如讥讽对方"你软得跟婴儿一样"。我对这句话印象深刻,是因为队友们甚至提前用翻译软件把这句话译成了中文,在场上喊给我听。

这些队友们都是土生土长的美国男孩，在学校里碰到，他们会远远地热情招呼我，这让我心里挺暖和。同学们叫我一起去吃饭，也找我去家里参加派对，可在派对上，我又觉得自己像个傻子：队友讲 TikTok 上最热门的网红，讲学校里的新瓜，他们会让我重复那些梗，我一旦露出迷惑的表情，他们就笑得更开心了。

这是种族歧视吗？身在其中，我又能察觉出微妙的区别。有队友专门跟我解释："Michael，我们不是在排挤你，是不把你当外人，才这么跟你说话的。"

可我就是觉得自己是个局外人：那些段子是属于他们的文化，当所有人开心地大笑时，我只能呆呆地坐在那里。

在新生队的第一年我过得稀里糊涂，一半时间都坐在替补席上。最委屈难受的时候，我每天睡前都躺在床上想战术，默背今天教练喊过的术语。

更多的还是想回国，回国多舒服啊！在北京，我喜欢开玩笑，跟所有人都是哥们儿，也是"小团伙"的中心人物。但在美国，我有点像一个累赘。

我提到想回国，妈妈说，你不能逃避。我心里想，你压根就不懂我在遭遇什么。

破局，在球队存活下来

我能依靠的只有自己。

我开始疯狂找教练，不停地问他，我怎么能上场？怎么能变强？我的教练不到 30 岁，其实也像个大孩子。教练说，你快把我烦死啦！连队友们都说，Michael，你不要这么急变快变强，急是急不来的。

这其实就是浮躁的表现。在网上也经常看到类似的男生，整天说自己多么热爱篮球，问人怎么能快速变强——我们太想走捷径、太想让别人看得起自己了。其实真正该做的，是日复一日的训练，持续地让自己练好基本功，把该做的做好，并且展现出来。

爸爸妈妈帮我出了个主意。他们让我想想，我的优势是什么？我能为这个球队提供什么？

我想我有决心和毅力，也有体格。在北京的校队，我一度也被队友们觉得水平不行。初二正赶上新冠疫情停课，我买了比普通篮球更重的球，在楼下小花园练习拍球；北京冬天最冷的时候，我也每天自己在户外练好几个小时。那两年恰好赶上我蹿个子，不知道什么时候，身体就变得更结实了，回校之后跑 1000 米，我突然就能跑进 3 分 12 秒，在球队也变成了主力。现在即使在美国，我的体格也比同年级的大多数队员强壮，我应该有信心。

经过一段刻苦训练和心态调整，我重新找到了状态，打得也越来越果断。我的自信心又回来了。

到了 10 年级，我又被选入学校二队。但这一年，又有一个意外挫折。放感恩节假的时候，球队是有训练和比赛安排的。妈妈不知道，提前订了去度假的机票。教练不让我走，妈妈很不理解：这是学校给放的

／球场之上

假，为什么不能出去玩呢？其实前后加起来也就一周时间。

你猜怎么着？等我度假一回来，就没有上场机会了。

这是球队给我的一种惩罚，放假那三场比赛我都没能上场，在队内，我的信誉清零，教练让我从第三梯队重新一点一点往上打。

在北京的时候，篮球不可能是我生活的重心，平时训练就不是很多，每到期中、期末，训练更要为考试让步。有时上课铃响了我还争分夺秒再投个篮，等抱着球跑回教室，结果肯定是罚站。年级越高，打球的人越少，到了初二，很多时候打球都凑不齐人。

但在美国的高中，教练要求我们珍视自己的球队：你既然进入了一个集体，就要朝着同一个方向前进，为同一个共同目标牺牲，不能今天你不来，明天他不来。如果连自己球队的比赛你都不看，你真的关心它吗？教练总说的一句话是："Like a family!（像一家人一样！）"。

中国的父母到了美国，其实也总在盘算，参加运动队对升学到底有什么好处？如果不能打职业联赛，天天这么训练不浪费时间吗？度假这件事给了我妈妈很大的文化冲击。后来，是一位朋友告诉她，在校队打球，其实是个人能力和意志品质的最好证明：如果一个学生能在校队待满三四年，不仅代表着他/她强壮，有运动能力，更代表他/她有团队协作能力，能牺牲休息和娱乐时间，有坚韧不拔的毅力。

对我们全家来说，这是一个全新的思考角度。篮球此时让我开始真正思考，生活里到底哪些事情，对我来说是更重要的。

坚持本身就是一种投入

在 10 年级结束后的暑假，在中锋的位置上，排在我前面的还有两个人，他们一个比我高壮，一个比我跳得快。对抗时这两个人拿身体顶我，在我头上乱蹦乱跳，我一点办法都没有。

但这时我发现我其实已经有了一个新的优势——我更懂战术。我平时就非常喜欢看各种讨论战术的视频，过去整整一年，我的英语水平也大大提高了。我不仅对赛制越来越熟悉，而且可以把教练的战术全背下来，在场上也总能准确执行。而那两个更壮的男孩，却总在战术上犯错误。我很快又发现，球队里有两个男孩投篮特别准，此后我一拿到球，遇到盯防，看着那两个人谁空着，就马上把球传给他，对方总是一投就进。

我还不断开发适合自己的技术，研究怎么吸引对手盯防，怎么甩开空位，怎么让自己的跑动更聪明。当队友被包夹时，我变成那个总能接住传球、替他解围的人。相比之下，那两位中锋却迟迟没有这个意识。

就这样，我上场的时候，我们队整体得分变得更多了。比如平时队友每人平均得 8 分，我上场后，每个队友能得到 12 分、13 分。很快，我的上场时间也变多了。又很快，在 10 年级的赛季初，那位跳得比我高的中锋，因为总无故旷掉训练，打球时也吊儿郎当，被教练开掉了。

到了 11 年级，我终于顺利进入学校一队，也回到了首发的队伍里。可故事讲到这儿，还是没有一帆风顺地结尾，我至今还在不停地在篮球上跌跟头。这次遇到的是伤病。

到了10月，我在一次抢球时崴了脚，被诊断出韧带撕裂，脚一碰地面就钻心地疼，很长时间都要拄拐出门。

那原本是我在球队最顺风顺水、势头最强劲的时候。受伤后，我整个赛季都报废了。但在美国，就像之前说的，"like a family"，只要你不是伤到躺在床上不能动，你就得参加训练和比赛；你可以不上场，但你必须到场，观摩或做服务工作。所以，受伤后的那两个月里，每天的球队训练和所有的比赛，我都要拄着拐杖或者一瘸一拐地到场。有的比赛地点很远，爸妈要开车两个小时，送我到球场，我们坐在那里，看完整场比赛，再开两个小时的车回家。

回程时我总是沉默。说什么呢？我心情太差了。

只要打球，就要持续地感受、抵抗压力。9年级时跟我一起打球的十几个队友，每一年都在流失，等到第3年，只剩下我和另外四个老队员。我也无数次想过要退队，但又很不甘心。来到异国他乡，是篮球帮助我破局，帮助我融入集体，赢得大家的尊重。

"Toughness（坚韧）"，我越来越理解这个词。大家都讲投入和回报，在篮球这里，我认为坚持本身就是一种投入、一种胜利。越到低谷、到伤病的时候，这种坚持更考验人。当人们跟我寒暄："你打的是首发吗？一般上场得多少分？"我这时候总会非常尴尬，我没法开口告诉别人，我其实压根上不了场。

到了年底，我的脚伤已经好了，我认真投入训练，期待被选入比赛阵容。但教练迟迟不给我上场的机会——到了季后赛更是如此，因为每一场比赛都会计入战绩，教练怕影响球队的化学反应，更是尽量不换人了。每次公布名单，都是我期望与失望的反复循环，最终每晚要坐在板凳上，给队友们鼓一晚上掌。坐在板凳上，想到身后坐着的父母，今天又开了这么久的车送我，为我付出了这么多，我心里非常不好受：我打这篮球到底有啥意义呢？

在这年1月的一次友谊赛上，有个队友发挥得不太好，教练喊他下来，又指着我："Michael，你去换下他。"所有队友都特别惊讶地看向我，因为开赛四周以来我压根儿就没上过场。但就像3年前一样，我又抓住了这最后4分钟的机会。看了一个冬天的比赛，我了解这支球队现在的战术和节奏。上场后，我给球队的传球运球做了很多贡献，也相信所有人都看出来了这一点。

机会转瞬即逝，有时候只有几分钟，就看你能不能顶住心理压力，不要把球运弄丢。几天后，我就又出现在了比赛名单里。

上了赛场，当然又有在赛场上的压力。一次，在我等待上场时，身后观众席上传来对方球迷的"垃圾话"："别打球了，回家做数学去吧！"（话里的意思是亚裔人种除了做数学，别的什么也不会。）但我根本不理会。我知道这种明显涉嫌种族歧视的语言在美国也被视为"垃圾"，我还会被这种话打倒？那一场我发挥得依然不错。

这个赛季结束时，有两个队友从头到尾，一场比赛都没打成。最后一场时我们输掉了比赛，意味着我们队的赛季正式结束，有两个又高又壮的美国男孩当场哭了。我理解他们的心情。

篮球就是一个高竞争性的运动，每天我们的训练都像一种竞争。就像在战场上打仗，你得为自己抢到战壕。我现在更能理解处在逆境中的人了。这两天，我们学校的几个队伍在练习打比赛。我发现对面队伍里，有一个黑人男孩打得特别差，远远就能看到他非常沮丧。

他下场后，我专门走过去和他打招呼："嘿，哥们儿，你是不是心理压力很大？"他非常惊讶："你怎么发现的？"

"我体会过更难的时刻。"我坐下来告诉他，我也遇到过状态不好的时候，还经历过学语言的困难、伤病的困难。

我们继续聊起来，在体育竞技活动中，其实不论国籍，也不论年龄、年级，我们都会感受到同样的压力和焦虑。这个男生非常感谢我的鼓励。3年前，我可能从未想过，自己可以变成一个局内人，变成一个能真正体会到本地朋友内心感受的人。

想起来有趣的是，我篮球"生涯"的开始并不是在中国，而是在日本。因为爸爸工作的关系，我在日本上了小学一年级，从那时起我就开始参加课外的篮球活动，虽然因为不会说日语，懵懵懂懂的，但是我发现，篮球场上有时似乎不需要太多的语言，彼此就能沟通和理解。因为一直喜爱，回国后我先后又进了小学和初中的校队，从来就没有想过哪一天会放弃。没想到未来有一天，篮球又帮助我走进另一种文化。虽然后来经历了种种的起伏，但我感受更多的是它给我带来了太多的乐趣，让我交到了更多的朋友，也让我理解了更多的人生道理。

现在我的文化课成绩也更好了。篮球队规范的第一条就是"要永远把学习放在第一位"。我的成绩现在是中上吧,还完成了一些大学先修课程(AP课程)。我好像突然就明白了,学业成绩是能决定我未来的很重要的一环,我需要知道孰轻孰重,在自己认为重要的地方坚持下去。这也是篮球教给我的。

热爱和坚持,这是篮球教会我的事。

英语到用时方恨少

吕玉兰[*]

每当外国学生问我学英语学了多少年的时候,我都会尴尬地打马虎眼:"哦,很多年了。"我怎么可能告诉他们,我12岁上初中就开始学ABC,现在几十年都过去了呢。半辈子都在学,可是我学会了多少呢?

虽然大学时算是比较集中地学习英语,一度也能够滔滔不绝;虽然记得大学时期末考试的口译题是国家领导人的新年讲话,也算是层次挺高的了,但是语言能力也会"生锈"。在我教老外汉语的20年间,学生都来自世界各地,无法经常使用英语,最多也就需要蹦几个英语单词。最后,我发现自己已经从曾经的滔滔不绝到几乎开不了口了。

尤其到了英语母语国家,我更是悲哀地发现,一切都得从头来。

日常会话

是的,学了几十年英语,出国后你会发现,自己可能连日常会话都

---

[*] 吕玉兰,首都师范大学国际文化学院副教授。

还没真正学会。

比如我以前认为只要说个 hi 就好，简单，不需要回应。然而，英国人却很少说 hi，动不动就非要"How are you?（或简化为'HAYA'）""What's up?"，说实话心里很烦，因为这意味着理论上你需要回答。这时我真的很怀念在中国打招呼——直接上称呼就好了，什么王老师、张叔叔、李雷、韩梅梅……

除此之外，还要学着他们一天无数次的 excuse me、sorry、please、thank you……还都不能马虎了事。sorry 和 excuse me 简直就是他们的口头禅，在公交车上如果一个人踩了另一个人的脚，那踩人的和被踩的都得同时说 sorry，不是笑话。这个还算容易，后来我也能够做到了。

又比如说，简简单单的 please，我其实都没学地道。多少年了，我以为只要把祈使句换成疑问句就是表示客气了，但实际上用"Can you…"这样的句式在母语者听来是相当不礼貌的；同时，please 不是可有可无，也不是用疑问句就能代替得了的。

关于这一点，我很快就有了一个难忘的教训。一次在火车站售票厅，因为需要填写表格申请一张家庭卡，我想用一下柜台上的一支笔。其实那支笔放在那里就是给顾客用的，拿起来用即可。我鬼使神差地想客气一下，就问道："Can I use this pen?"结果万万没想到，里边的售票员直接就怒了，大声嚷嚷起来："你现在跟一个'人'在说话，居然不用'please'？"

怎么办？其实我也想说，你这样说话也很无理是不是？我一个外国人能说你们国家语言算不错的了，哼！然而，人家是说母语的，肯定占理吧。我一下子脸热心跳，无地自容，感到周围所有人都听到我被指责无理了。

从此，我再也不敢轻易省掉这个 please 了。

可能太多外国人能够流利地说英语，所以英国人对外国人的英语宽容度可不那么高，简直认为所有人都得会说英语。本国人除了对外国口音有一定接受度，在礼貌用语这一点上是毫不含糊的。如果碰巧你说英语还算流利，说不定人家觉得你就是英语不错但是缺礼数，这就是不可饶恕的了。根本就没地方说理去！

另外，像说"谢谢"，在我们的文化中有时候"不见外"，不需要说太多的"谢谢"，但在英语社会中我们还是得入乡随俗，否则就是失礼了。

有一次我女儿在学校居然被一个英国同学嫌弃了，到处说她没礼貌。后来才知道，这是因为那个同学给我女儿拉了一下门，她没说"谢谢"。这教训可够深刻的，我女儿从此时刻记住了这一点。

我经常看到下车的乘客对公交车司机说"谢谢"，有的妈妈会特意教孩子对司机表示感谢。这在国内可很少见。但是，我相信，受到感谢的司机一定会心情更好。这种良性互动值得我们学习。

在经历中积累单词

Refuse：先学单词，再扔垃圾

刚入住出租房后，我在房前屋后巡视了一番。很快就发现一个问

/ 标有"Refuse only"的门

题——怎么没有垃圾箱？院子里没找着，以后我到哪里扔垃圾呢？头两天，我一直没解决这个问题。第三天家里的垃圾箱已经满了，只好皱着眉头把垃圾扔到了马路对面那个小区院子里的垃圾箱，感觉就像做贼，扔掉后马上快速闪人。

这怎么办？这个四层小楼一共也没几家住户，居然没看见哪个邻居出入。我还是没有勇气去敲门问，好吧，继续探索。这次我在院子里来回踱了好几圈，不放过任何一个可疑的地方。终于，找到一个大门，上写 Refuse only 两个词。这什么意思？以我可怜的英语水平，感觉这里就是禁止入内嘛！所以看到门以后也不敢去开门。直到看到有邻居走来，打开门扔了一袋垃圾进去，我简直看呆了：原来我们的垃圾箱就在这扇门后头！

回家后赶紧查查词典，原来这个 refuse 是个多义词，也有"生活垃圾"的意思。如果不在当地生活的话，这样的词义真是学不到啊。

Wifebeater：打老婆专用背心？

有一次上课时讲到"背心"这个词，我在网上搜了一张跨栏背心的图片给学生看。结果一个学生一看就扑哧笑了："老师，这个我们叫'wifebeater'，因为我们觉得穿成这样的人喜欢打老婆。"

这太意外了。再看看还真觉得，这背心像是粗鲁男人的标配呢！

从此再也不能直视这种背心了。

Gallery：爬几百级台阶，学一个英语单词

在伦敦圣保罗教堂参观，工作人员极力推荐爬楼梯去看看上面的 stone gallery 和 golden gallery。因为事先没做好功课，我还以为爬几层就到了，但是很快就发现走上了不归路。楼梯越走越窄，窄到仅容一人，游客络绎不绝，无法回头；后来还变成了镂空悬空的设计，在悬空的楼梯上，重度恐高症的我手心冒汗、心惊胆战。但是看看前边七八十岁的老爷爷也都从容不迫往上爬，加上实在无路可退，我只好硬着头皮前进。脑子里想着，都爬了几百级台阶了，越来越接近塔尖，上面的

gallery 可以想见地方该多么狭小。这样朝圣似的爬上塔顶，里边到底珍藏了哪位大师的哪件不朽的画作？还是有一幅精美的挂毯？怎么从没听说过圣保罗顶层的画廊呢？抑或只是让近距离看看穹顶的壁画？脑中一直盘旋着的诸多疑问。

终于到了答案揭晓的时刻，前边的游客不动了：不用再爬了，出去看吧！我的天，这么高的地方，居然在室外。然而出到狭小的回廊上走了一圈，战战兢兢地也没看到任何画作，然后居然就要往下走入归程了！弥天大谎啊？哪有什么gallery？愤愤不平中我看到一个工作人员，不甘心地跑过去问："你们的paintings到底在哪儿啊？""什么paintings？"他看起来比我还懵。"这不是gallery吗？怎么没有画呢？"工作人员看看我这张中国人的面孔，终于明白了问题所在："这里gallery就是balcony（阳台）的意思！"

羞愧中仍有不甘，谁想得到这个词还有阳台的意思啊，一定有不少游客被忽悠了！于是为了挽回面子，我急着问道："难道没有其他游客问这个问题吗？"

"没有啊，说实话，你是第一个问这个问题的。"

羞愧瞬间加倍！

Staff：身份的困惑

以前我在美国一所大学工作过一年，那时候特别清楚自己的身份，是faculty，不是staff，因为前者主要指的是教师，后者是学校中的其他工作人员。他们的各种文件也会强调是给 staff 或者 faculty 的。但是到了英国的大学工作，没想到我还得重新学习 staff 这个词的含义。

有一次在学校某处办事，保安问我："你是不是 staff？"

"我不是。"

"那你是学生吗？"

"也不是。"

"嗯，那你是？"

"我是 faculty 啊。"

结果保安更疑惑了："意思是，你是 academic？"

好吧，我也晕了。看起来在美国和英国，这几个词的关系有些复杂哦。

从此，我知道了，在英国的大学中，我属于 staff，更确切地说，是 academic staff。

的确没想到，自己究竟是什么身份，其实也是需要学的单词啊。

英语的词汇来源多样复杂，数量巨大，真是越学越心慌。随便举一个例子吧，以下是我女儿 11 岁时，英语老师发的一个单子，我一看就差点晕过去了。似乎每种动物都有不同的、细分的动词搭配，这的确很科学、很精细，但是学外语的人要崩溃了！然而，这就是事实啊。当我抱怨英语词汇难学时，朋友们都劝我消消气，说咱们汉语也是这样：虎啸猿啼，鸡飞狗跳，莺歌燕舞……好像也都对应不同的动词呢！

/ 动物相关词汇单

慢慢地适应各种口音

我和许多中国人一样,对"伦敦腔"这个说法曾经存在巨大的误解,以为这就是精英阶层的口音。其实,真正的优雅的精英阶层的英语叫 posh English,也有叫女王音的,开口就有种高贵典雅、不食人间烟火的感觉。有人说英国著名男演员休·格兰特就说这种口音,难怪我一直觉得他的口音比较特别。

另外就是一种叫做 RP(Received Pronunciation)的口音,类似于我们的普通话口音,也叫 BBC 英语,一般人认为这是规范的英语口音,也是各大词典记录的标准音。但是据一份统计，真正说这种口音的英国人居然只有 3% 左右。

而所谓伦敦音，却常常特指伦敦东部工人阶层的土话，有个专门的词叫 cockney。这种口音跟优雅与高贵是不沾边的。虽然我并没学会这种口音，但是这种口音的一些特点却让我印象深刻。

比如，发音吞音严重，含混不清。这一点倒是有点像咱们的北京土话，就是把"中央电视台"说成"装电台"的那种感觉。伦敦土话会把 water 说成 wa'er，hospital 说成 hospi'al，总之就是把 t 忽略掉。还有一个常常被吞掉的是单词前边的 h，所以 happy 就是 appy，huawei 就是 uawei。

除了吞音以外，伦敦音还倾向于把一些 th 的音发成 f。我第一次听学生报他们的学号是"free, free, free"的时候真以为自己的耳朵出问题了，但人家其实说的是"three, three, three"。

英格兰北部的口音也很有特点。第一次我决定去约克旅游，订民宿时跟老板娘一通话，我就忍不住要笑了。那莫名让我想起了中国某地的口音，总之就是很亲切但是很乡土的感觉。

曾经孔院来了一个爱尔兰同事，跟她谈话时我莫名感到她的英语口音不太对劲，虽然我听得懂，但是总感到什么地方有些别扭。后来终于琢磨出来了，原来她每次都用 d 代替 th，所以 this、that 听起来就是 dis、dat，好像有点小宝宝说话的幼萌感呢。

不得不承认，每种语言中的口音都包含着社会语言学中的角色背景，所以人们认为说一口 posh English 的人和说一口 cockney 的人显然不是一个阶层。著名的电影《窈窕淑女》不就是讲了一位卖花女如何被训练改变了口音，从而可以乔装成为贵妇人的吗？

不过，如今大家都追求多样化。有人甚至说，要是你说标准的 RP 英语，人家反而会认为你是外国人，跟着词典学来的，这真是太具有讽刺意义了。BBC 据说也开始故意找一些有其他口音的主持人来丰富他们的风格，满足语音方面的政治正确性。当然，对我来说这是好事，我一直就是中式英语的口音走天下，这一不小心就赶上了口音多样化的潮流啦！

微妙的会话技巧

如果只是在自己国家学一门外语，没有亲自与母语者对话，语言就会显得很不鲜活。而真正用外语做事时，你会慢慢体会到另一种语言微妙的会话技巧。比如：

有一次，我去给女儿配眼镜。当时心情超级不爽，因为想到孩子还是不可避免地近视了，以后她的生活该多么不方便啊。

正在此时，眼镜店工作人员列了个收费清单，然后问我："Are you happy to pay XX pounds?"。Happy？我怎么可能 happy 呢？我没好气地回答："I have to pay, but I am not happy to pay."。小哥听完傻了。

我女儿急了："你干吗啊，人家这么说是客气。"我说："我知道他用这个句式是表示客气，但我还是觉得听着别扭，所以我逗他一下。"

其实，人家这样说就是个套话，表现了英国语言和文化的装腔作势。哼，太假惺惺。

还有一次，我上完晚上的课回家，已经九点多了。不知道为什么公寓大门的钥匙不太好使，转了几次也没打开。此时，忽然路边走过来几个人，其中一个人回头看着我，问道："这地方你熟吗？"

话说在北京时，我生活在一个到处都是热心大妈的小区。大妈们见到个陌生人就问："你找谁啊？"见了熟人也问："大晚上去哪儿啊？"受这样的氛围影响，我听到有人问："这地方你熟吗？"难免自动不做贼也心虚起来——这几个人很可能是小区治安纠察队的大叔大妈，以为我是溜门撬锁的小贼呢。于是我居然有些慌乱地回答："我的钥匙不好使……"

没想到人家更奇怪地看着我说："什么钥匙？我们想问问附近的超市在哪？"

嗨，早该知道，这里哪有什么"朝阳群众"！

除此以外，在和学生打交道的过程中，我也在慢慢学习谈话技巧。要显得非常专业、有礼貌、有爱心，这对我的英语水平来说的确是个挑战。逐渐地，我也总结出了一些技巧：

1. 不要轻易用 interesting，因为学生听来有可能像是暗含讽刺。

2. 当学生咨询一些制度规定方面的问题时，虽然我作为一个新来的老师，的确经常不够了解情况，但是最好不要说："我不知道。"而要说："我需要再确认（double check）一下，然后回复你。"否则，就被学生看扁了。

3. 不要批评学生不努力，而是要委婉地说："如果你不能花更多的时间在中文学习上，会让我帮助你变得比较困难。"哎呀，这么拐弯抹角的，真不是我这个实在人的风格，对自己的孩子我可没这么客气过，一向就是直接吼。这么一比较，我真是应该反省一下了，要对孩子好一点。

4. 学生说错了，不要直接说"不对"。这对我这个直肠子其实有点困难，但是我还是得调整，学着对学生说"再想想"，或者说"还有别的答案吗？"。

5. 当你的学生成绩很差、明显落后全班一大截时，还是要鼓励为主。你不能批评，你得说："我理解，每个人都有自己的学习节奏。"

6. 当你看到你的学生汉字很差时，你不能指出他汉字很差，而是说，"我看到你在学习汉字时 struggling"。同理，也不要说学生"lazy"，你得说人家"laboured"（这个词是跟我女儿的老师学的）。

7. 当你的学生因为迟到、不写作业让你恼火时，你尤其得温柔耐心地说："你有什么困难吗？看我能帮你做点什么？"

8. 如果学生问你一些很黄很暴力的内容，你不要说："我不想告诉你。"而要说："不，你不想知道。"

好吧，我说英语时简直就是换了一个人。

我在出国前曾经展望过，在英国 4 年，把"生了锈"的英语重新捡回来。4 年后我一定重新回到研究生时的巅峰状态。

然而这只是一个美好的愿望而已。

可能跟年龄有关系，四十好几了学东西肯定慢，也可能因为我的孔院同事多数是中国人，工作内容也是教汉语。总之，我还是没有进步到自己满意的程度。

固然，4年以后，我在听说读写译方面都取得了不小的进步。特别是开始简直不能用英文写邮件，后来就大着胆子写，即使看起来不那么高级也得写，工作需要嘛。如今，在旅游时我也能够跟景点工作人员讨论各景点的历史，也能够表达自己的见解了。看新闻和看维基百科什么的，也一般没什么障碍。

但是仍然觉得英语不够用。比如超市里可以不说话，直接选东西刷卡，但是去看医生就需要提前查词典了。有时候英语不好真是闹笑话啊。

去印度与泰戈尔隔着岁月相遇

蔺雅群[*]

一生最好去一次印度

我在杂乱无序的表面现象下总能发现很多的惊喜。行走在印度加尔各答的大街上,从汽车、摩托车、三轮车到自行车,从行人到神牛、流浪狗,凡是能上路的都来了,让你惊讶中慢慢体会什么是真正的不可思议。

贫穷与富足、秩序与混乱可能只是一步之遥。也许是街角的一个转身,也许是街边高墙内大院的一步跨入,眼前出现的情景与方才的所见所闻似乎来自两个不同的世界。在那些外表斑驳的围墙内,可能是一个富甲一方的大户,他们住在殖民时期保留下来的百年老宅里,依旧过着世袭的贵族式生活。这是一个活着的天然博物馆,走一路看一路曾经真实的历史。它的历史没有书写在纸上,而是留在大地上、生活中,等着有心的人们去探索发现。这是一个包罗万象的地方,那里你能感受到古今合一、人与动物的和平共处,也能体会到贫穷与富贵几米间距离却互不干扰。

---

[*] 蔺雅群,作家、书画家,中国驻印度原外交官夫人。

总之，尼采"存在即合理"的名言，印度社会给予了最好的诠释。人一生最好去一次印度。

热情与欢乐之都

每年十月，欢乐之都加尔各答进入气候宜人的旱季，城市社交生活也随之活跃了起来，各种活动的邀请应接不暇。晚宴和音乐会无疑是城市夜晚的灵魂。

晚上的社交活动一般在八点以后才开始。第一次去印度人家庭做客，主人提供了很多开胃点心和甜点，我基本都吃了。晚上九点半，女主人不时看下表，我以为是给客人告辞的信号，结果女主人招呼大家进入另一个房间，宣布晚餐开始，请大家用餐，我差点晕掉啦。用完餐，女主人端上一大盘看一眼就觉得超甜的甜点，热情介绍这个甜点怎么怎么的好，务必品尝。中国人讲究吃得早上床早，都不想睡之前再来个甜点，可是碰上热情好客的主人，实在不好意思辜负人家的一片好意。

参加婚礼才会明白什么是真正的人生大事。父母广邀亲朋好友来参加婚礼，为远道而来的亲戚安排住宿，婚礼的场面代表了父母在亲戚朋友中的地位。朋友拉加万的姐姐结婚时，在新郎家乡举行了一千多人的婚宴，因为有些亲戚没能来参加，又在娘家举办了千人婚宴。女孩出嫁时的彩礼由娘家人准备，彩礼的多少直接关系到女孩子今后在公公婆婆家的地位。所以穷人家的女孩越多，负担就越重。司机卡马塔住在一个贫民窟里，妻子为他生了4个男孩，同事们闲谈中说起这事，都觉得他好幸运，今后不用为嫁妆发愁了。

  第一次参加活动，就赶上了印度著名的塔塔集团举办的酒会。塔塔总部灯火辉煌，楼顶上客人齐聚一堂，相互寒暄。晚风中远眺，这座城市的夜景很美，胡格利大桥跨越恒河支流胡格利河，气势如虹。夜晚的光环过滤了白昼的杂乱与喧闹，让这个城市露出其独特的风情和古典优雅的风骨。

  因为疏于管理，加尔各答就像是常年不洗漱的美人一样邋邋遢遢，但褪去污渍，就会现出它的芳容。这个城市保留着殖民时期的浓厚印记，英国风格的建筑因为年久失修失去往日的光彩，但依旧散发出浓厚的维多利亚时代的气息，见证着这个城市的历史变迁与文化的延续。英国人钟情的骑士精神与赛马活动、100多年历史的高尔夫球场和俱乐部依旧活跃在这个城市。英式骑马运动在当地颇受欢迎。印度人是拿来主义者，他们将殖民者赶了出去，而殖民时期的语言、文化都被完整保留和吸纳，成为这个国家多元文化的一部分，融进了百姓的日常生活。

  凭着直觉，加尔各答太像中国旧时代的上海了。我用上海比喻它，很多人不同意，说上海都市那么高大上，这里如何能够相比呢。一位研究城市建筑的印度专家告诉我，有个英国设计师曾经在两个城市都参与了建筑的设计。我查阅了一些资料，发现上海外滩的历史建筑很多建于20世纪初期，而加尔各答的老建筑建于19世纪中后期，两个城市的很多建筑设计是由当时来自欧洲的设计师完成的。

  世界妇女俱乐部是外交官夫人经常活动的地方。每次收到邀请，我会准备一些中国风味的点心带过去，和法国、意大利、德国那些人高马大的夫人们品茶聊天。大家讨论最多的，还是自己跟随丈夫外交生涯里那些有趣的事儿。

社交圈里有不少名誉领事。这些名誉领事由外国委派当地人担任，不领取任何薪酬，称他们为"志愿外交官"更为贴切。巴西、智利、菲律宾等国家都在当地设了"名领"，那些人经常出现在各种活动上，也会举办晚宴和庭院音乐会，借此结识更多的人。

城市的发展，让交通不堪重负。每次从所在的郊区盐湖城去市中心，经常会因为交通不畅而头痛，也对参加市中心的活动心有余悸。好几次出行遇到严重堵车，只好半途返回。对方会热情地一路电话追着，说晚点到没有关系。

加尔各答的夜晚永远是奔放热情的派对，主人用心装饰派对的每个细节和每个角落，为了一场活动大费周章，令人不由得感动于当地人对社交生活的热情与执着。

静谧的和平乡

加尔各答是泰戈尔的出生地。他于1924年访问中国，与徐悲鸿、徐志摩、梁启超等一批文化人士有很多的交往，在中印文化交往史上留下一段佳话。

梁启超给泰戈尔取了个中文名字竺震旦。徐悲鸿创作的《泰戈尔画像》至今仍保存在和平乡的泰戈尔国际大学里。一个名叫"谭云山"的

／笔者的油画《泰戈尔的剧照》

    湖南人跟随诗哲的脚步来到恒河边这片绿色的土地，在国际大学里创办了中国学院。

    和平乡，其寓意是静心居室，是泰戈尔童年随父亲去喜马拉雅山朝圣时所经过的静修的地方。这里开放的空间和花园给了泰戈尔有生第一次走出封闭式家族城堡探索自然的极致快乐。难怪诗哲一生都对这个地方情有独钟，并且倾尽所有建立了泰戈尔国际大学，让更多的人享受到这里人和自然合一的学术环境。

跟着先生去和平乡泰戈尔国际大学参加活动，幸运地走进了那种意境里。在一条蜿蜒小路上，有一排带着走廊的平房，房屋前面是一个出门俯身可触摸到的大花园，入住泰戈尔时期的老式客房，享受一个在纯粹的自然怀抱中的宁静之夜。房屋内是20世纪古老的感觉，印度门房带我们走进古朴的房屋内，我仿佛记得屋内有一丝丝清凉气息袭来，也许因为好久都不住人了吧。热带的蚊虫好像也没有来骚扰我们，一夜无空调中安然入睡。

　　第二天，推开门就见花园，感受热带绿色植物的勃勃生机。校园里处处是小树林，绿色蔓延在四周。那一天参加的是"学者谭云山诞辰周年"的活动。谭云山的儿子谭中与夫人从美国芝加哥专门赶来参加这场盛典。谭云山当年追随诗哲来到印度，帮助建立中国学院并在此地教学、生活，终其一生，印度人一直记着他的好，待谭云山的后人若上宾。印度总统也来了，各国使节和中印学者云集。跟着人群进入一个有立柱的餐厅，平时相识的驻加尔各答各国总领事们都在里面，在一圈小巧低矮的餐桌边上围坐成一个四方形，远远地看着印度总统，在社交距离中吃了一顿简单的印度午餐。现场没有多少自由交流，可能因为总统在场的缘故，大家有些拘谨，日本总领事和夫人也是看到人就点头哈腰，然后就缄默不语地低头吃饭。身穿一袭白衣的印度画家当场赠送给总统一幅画像。记得那个白衣画家还和我们打了招呼，说有机会在加尔各答见。到了和平乡就感觉到内心的平静与喜悦，附近也是一片平静如水的宁静之地，在当地集贸市场买了一些看着很古老的手工品。有人在路边上卖泰戈尔的木雕像，很想买，司机没来得及停车就一下子冲了过去。

我们去中国学院访问时受到了热情欢迎，师生们表演了中文节目，上任不久的阿维杰特院长带着我们参观学院收藏的中文图书，许多书籍是民国时期出版的，看着很有些年代了，其中一些图书就堆在旁边的桌子上，屋内也没有安装空调，在高温湿热天气下，这些珍贵书籍的状况令人担忧。阿维杰特介绍说，很多图书都是繁体字印刷，学院也没有能力去整理归类。北京大学曾派教师和学生短期来学院，帮助整理了一批中文典籍。但要保护好这些图书，未来还有许多工作要做。

与泰戈尔隔着时光相遇

国内研究泰戈尔文学的学者时常来加尔各答参加文化交流活动。北京大学的魏教授、中国国际广播电台的白老师看到我特别爱看书，就把自己随身携带的《吉檀迦利》等泰戈尔的作品送给了我。在不经意地翻阅中，心灵的窗户打开了，我一下子就被泰戈尔的内心世界吸引住了。从前的我只知道泰戈尔"生如夏花之绚烂，死如秋叶之静美"的诗句，与中国学者的一面之缘，让我和有关泰戈尔的一切结下不解之缘，从此就在不知不觉中浸润在泰戈尔的智慧和他对世界大爱的人性的光辉里。每当读他的诗，心灵就会获得前所未有的平静和淡定。

在《吉檀迦利》诗集里，泰戈尔眼中的人间万物，从清晨到日暮，从陌生人到亲密爱人，都是那么地贴近心灵，抚平繁忙都市生活带来的

/ 泰戈尔故居的一角

内心无法逃避的紧张浮躁感。因为喜爱泰戈尔那灵动诗句里的大爱与生命的美妙、死亡之旅的神秘,而热爱他的一切作品,也仿佛再度结缘泰戈尔的子孙后人,常常被那片土地上的热情感染着,大家都笑我痴迷于印度文化太深。

心灵的良药既是身体最好的营养品,也会给生命带来各种意外的惊喜。印度人与生俱来的淡定与不急不慢的生活态度,热情似火的个性,很容易进入的文化圈子,让外界对印度脏乱差的渲染造成的内心恐慌早已消失得无影无踪了。

泰戈尔故居筹建中国展厅的事情一直在有序推进，在北京大学和上海博物馆鼎力支持下，终于落成了，同事们都很高兴。回国后我们把这几年所有参与此项工作的人召集在一起庆祝了一下。当时就在我家楼下公共花园里摆了长桌，桌布都不够铺了，随便拿了个在印度时买的布料铺上，大家开心地说，印度的感觉又回来了。这次聚会中，后来三个人都被派驻了美国，其中有两人去旧金山工作。泰戈尔真伟大，就算离开世界这么多年以后还能把各种性格的人都团结在一起。

走的地方多了，就会发现不同地方的相同之处。杭州是我喜欢的城市。闲暇是杭州与加尔各答两个城市的共性，而杭州历来文人画家辈出，这和它的灵动山水隐于闹市的天然休闲不无关系。林语堂说，悠闲是人生在世的一大财富。而印度的贵族就是这休闲人生的修行者，他们拥有了几代人积累下来的财富和精神文化，同时又有闲情逸致，所以那个时代孕育了泰戈尔那样的文豪。然而，杭州历史上官宦遗留下来的散发着墨香的老宅，加尔各答贵族富丽堂皇的百年大宅，终归都会散落在民间的喧闹繁华之中，一切归于平静了。

有时我突发奇想，设想假如泰戈尔出生在林语堂笔下这温润儒雅富于生活气息的杭州府，他还能写出那些透彻灵性的诗篇吗？

（本文原载于《紫雪》，碧晓著，外语教学与研究出版社2021年版。）

故事 人物

在蒙古国的蓝海逆袭

吴阳煜[*]

"感觉上当了。"这是来自中国南方的薄少尉,第一次落地蒙古国首都乌兰巴托时,心里冒出的第一个想法。

那是2009年夏季的一天。从北京搭上了一周仅有两到三趟的飞乌兰巴托的国际航班,薄少尉没有想到,未来自己的事业和人生,与这个当时完全陌生的草原国度,就这样深深地绑定了。

在此之前,于上海的一处电脑城里,经营售卖电脑配件和网络电子类产品的薄少尉,一直安稳地做着自己的生意——直到一位蒙古国大学生的到店搭讪,让他的人生轨迹发生了转变。

乌兰巴托初考察

这位以留学的名义来到上海的蒙古国大学生,寻到薄少尉的店里,原意是想从这里购买一定批量的电子设备,再发到乌兰巴托赚取差价。和刚好身在门店的薄少尉一番交谈过后,后者被大学生口中的蒙古国吸

---

[*] 吴阳煜,穗港媒体从业者。

引住了：这个神秘的北方邻国具有魅力，亮丽的发展景象正等待着尚不了解的中国游客去见识一番。

薄少尉对蒙古国的好奇心，就这样被一位突然造访的异域大学生勾了起来。

从事信息工程相关行业的他，自然先在网上搜寻了一番。但彼时国内的互联网上，关于这样一个夹在中国和俄罗斯之间的牧业国家，真实披露的有价值信息少之又少。零星的几条帖子，也是以讲述蒙古国的负面为主。似乎大家的关注重心，从来就不在这个邻居身上。

"对于当时的我来说，蒙古国是如此神秘。既然大家都不知道这个地方，我就更感兴趣了，想要出发的愿望越来越强烈，想着反正是过去看一看，玩一玩也无所谓。"自述性格里带有探索欲的薄少尉，在那位初相识的大学生的声声邀请中，对蒙古国愈发有强烈的揭秘渴望，迫不及待开始了动身准备。

大学生的父亲在蒙古国是一名警察，通过亲戚朋友开设在当地的公司，很快向位于北京的蒙古国驻华大使馆发去了一封关于商务考察的邀请函，对象是薄少尉。感受到了对方的诚意，赶到北京的薄少尉找到代办的中介，办理签证的手续流程就更加顺畅了。

要知道，仅是近十余年来，中国商务部和驻蒙使馆就不止一次对计划赴蒙务工的中国公民发起提醒，称已屡屡接到在蒙工作的中国同胞反映，在当地遭遇了种种困境，包括未能依法办理务工人员的工作签证及在蒙工作、居留证件，受包工头辱骂、殴打，等等。

但对当时的薄少尉来说，自己抱着商务考察和游玩的目的前往，在蒙古国大学生的美言美语之下，并没有将这些同胞们踩过的"坑"当成必须防范的风险多加警惕。这也为他此后在蒙的投资波折埋下了伏笔。

拿着允许赴蒙的商务（B）类签证，可以在蒙古国足足停留30天。薄少尉将自己的第一次乌兰巴托之旅的具体时间，选在了当年的7月。这既有薄少尉出于参观蒙古国"那达慕"大会的考虑——这个主题为草原游牧民族传统运动的盛大竞技节庆，一般是在每年的7月中旬举行——也有他想避开属于温带大陆性气候的蒙古国寒冷漫长的冬季，趁着天气状况相对良好的年中，更充足地考察当地商业业态的打算。

告别北京的机场，飞机升空，直到降落在另一个国家的首都，大约1200公里的路途。这近三个小时的行程里，薄少尉的心中"满是探索的激情"。

不过，激情随着薄少尉走出旧成吉思汗国际机场的步伐，渐渐消退。

映入他眼帘的蒙古国首都，和此前对方口中描述的美丽盛况，根本不是一回事：乌兰巴托城里的建筑，最高不过五六层，望不见十几层高的楼房；很多楼看风格，还是苏联时期建造的，"很破败"；从机场到乌兰巴托市区，几十公里的道路，路面上全是泥和坑洼，属于简易公路，且仅为双向双车道。

从宏观来看，包括道路、能源和电力在内，蒙古国的基础设施并不十分完善，公路以砂石路和自然路为主，只有少部分是柏油马路。

/ 蒙古国乌兰巴托市

在这个世界第二大的内陆国，人口密度不高，分布也极度不均，有将近一半的居民集中在首都。刚下飞机的薄少尉望去，乌兰巴托人倒是不少，沿街做买卖的商铺却没几家，商贸业并不繁荣，"现代化的气息少得可怜"。

从上海到北京，再到乌兰巴托，落差显而易见。薄少尉说，当时的自己，"感觉就像一下到了非洲"。要在"这么贫穷和落后的地方"，掏出真金白银去投资，他犹豫了。

待了一个月后，无功而返的薄少尉作别了蒙古高原，和漠北大地的联系却没有因此中断。意识到那位大学生想用夸张的描述，吸引自己过去投资，薄少尉并未与对方断交；相反，后者持续发出的合作邀请，让他有了盛情难却的想法。

止损"吃空饷"

一年后的 2010 年 7 月，带着一位同样有着考察意愿的朋友，薄少尉再度来到了乌兰巴托。

这一次，他下定决心要将自己的投资付诸行动。

考虑到大学生家庭有警察背景，在当地政策允许的背景下，双方计划合作开设一家安保公司。

身处情况未明的异国他乡，薄少尉也不敢投入太多，前期几十万元人民币的成本转账过去，公司就正式运转起来了。

先是签订相关的合作合同等文书，所有的文件都是合作伙伴用蒙古语拟就的，交到薄少尉手里的中文版本，还是他找当地的翻译去译写的。而公司用的翻译，就是那位和他在华结缘的蒙古国大学生。

事后回想起来，从懵懂状态中惊醒的薄少尉才意识到，对乌兰巴托当地的法律条款一无所知的自己，在语言和文字都不通的情况下，和当地的父子二人合伙做生意，受骗上当是再容易不过的事情。"从头到尾，自己稀里糊涂签过名的那些文件合同，我根本不知道里面写的是什么内容。感觉人家要骗我，我是一点办法都没有的。"

然后是人力和物资成本支出。从发自中国的器械，到衣服和汽车，再到警棍、手铐甚至枪支等特殊装备，购买资金全都是从薄少尉的腰包流出。他承担了大部分的前期投入，按理说出了钱就应该有股份，可让他大感意外的是，在这家算得上是跨国合作的安保公司里，自己居然不是股东。

发现不对的薄少尉，又拿出了那份草草签订的合作合同，发现里面除了注明合作期限等基础事项之外，并没有与投资相关的保证条款或损失追责说明，更不用提自己的股东身份认证。他去问合作伙伴，对方却拿出一套"蒙古人的公司外国人不方便加入"的说辞，将他搪塞了过去。

公司开门营业了，眼见木已成舟，薄少尉只能硬着头皮继续投入资金，支撑着它的日常运营。公司的员工一天比一天多了起来，从财务到经理，再到各个部门的管理岗位，合作伙伴将关系好的亲戚和朋友，陆续安排进来任职。这些人每个月的工资，都得薄少尉按时发放。

支出的负担越来越重，距离公司盈利的那一天，却始终遥不可及。

在当初商谈合作的时候，对方曾对薄少尉摆起了本地警察的架子，称自己有权力，能承揽许多企业和工地的安保业务。"画饼"的承诺是如此美好，但薄少尉很快发现，他的合作伙伴根本不是什么在警察局身居要职的领导，也并不想和自己踏踏实实地合作，来经营好这家公司，在对外自荐过两三次安保服务遭拒后，就再也没有行动过了。

整整一年的时光，就在薄少尉期盼公司扭亏为盈的无望等待中虚度了。等他终于对不靠谱的警察和大学生父子俩失去信心，将这家"吃空饷"的安保公司关停，时间已经来到 2011 年。

回到老本行

在蒙古国闯荡这么些年后,逐渐增长了见闻和阅历的薄少尉才发现,自己的遭遇,与许多后来赴蒙的中国人类似——都是以认识一位在蒙古国"有实力有背景的大佬"为开端而展开的。

一个不能忽视的背景是,随着"一带一路"倡议在东北亚地区得到越来越多的响应,许多中国中小民营企业赴蒙投资,但他们对于境外投资的相关理论却准备不足。

很多关于投资项目的具体信息,仅仅是通过熟人介绍获得,对项目的前期可行性研究工作没有做到位,对其涉及的行业发展情况、蒙古国的相关法律和政策更是缺乏分析评估,且由于了解不足,还时常发生跟风过度投资(如从众押注矿产业)的现象。这导致中资企业在蒙盲目投资、吃亏受损的情况并不少见。

别人踩过的坑,自己都踩过,但薄少尉并没有就这样打道回府。动身来到乌兰巴托之前,在上海的亲友都知道他要闯荡蒙古国外贸江湖的目标。"区区两年半过去,自己就灰溜溜地回去了,那也是挺没面子的。"

面子之外,促使薄少尉在蒙古国坚持下去的,还有他对当地商机的坚定判断。

在 21 世纪的第一个十年,见识到蒙古国相对落后状态的薄少尉相信,包括资源丰富的矿产行业在内,正在起步发展的各行各业将来一定有更大的发展机会。"也许是三五年，也许要十年，我不知道，但前景一定是有的。"

坐在乌兰巴托租来的房子里，痛定思痛的薄少尉想了又想，还是觉得自己在蒙古国的出路，是做回自己的老本行，即网络安全设备工程相关行业。

他说，这是自己从第一次的经历里吸取到的最大教训："在人生地不熟的国外做生意，一定要选择自己深耕过的、懂行的领域。这样即使法律、人文环境不一样，至少自己踩过的坑、有过的经验是相通的。做同一个行业，有共同点，自己是专业的，成功的概率才会更大。"

一切都要从零开始，在乌兰巴托没有任何门路和资源的薄少尉，只能凭借自己过往在国内积累的行业经验和知识，从最基础的设备推销做起。不懂蒙古语，就连去哪里找市场相关方都不知道，薄少尉只得找到翻译公司上门，请求对方指引和带路，慢慢摸索和学习。

"前期两到三年的时间里，我处于起步探索的阶段，都是赔钱的。"

开拓蓝海市场

2010年下半年时，在和西方国家往来频密的现代蒙古国首都，学习中文的居民并不十分多见。

吃过语言隔膜造成的大亏，薄少尉给自己制定了学习蒙古语的目标。请了老师教会基础的拼音读法后，他花三个月的时间每天认真自学蒙古语，又在工作和生活中向本地人请教，由此掌握了简单的日常交流用语。

从亲身经历出发，薄少尉发现，如今在蒙事业发展相对顺利的中国企业家，基本都通晓一定程度的蒙古语。"对于我们这些需要经常经商往来的人来说，语言不通就会到处碰壁，像个傻子一样。外国人的思维方式和我们不一样，通过翻译的转述可能根本意识不到；自己要表达的想法，也没有办法用语言和对方沟通。沦落到上当的下场在所难免。"

掌握了和当地人日常交流的技能，剩下的就是付诸行动。

从广州和深圳统一发货，通过铁路运输，到达边境口岸后进行报关，再通过转运送至乌兰巴托，一趟流程走下来不过十余天。相比当地原有主流的俄式设备，薄少尉从国内引进的新设备和系统，性能表现更为优异，可乌兰巴托的大部分业内公司却从来没接触过——这是个不折不扣的蓝海市场。

但酒香也怕巷子深。为了打开当地市场的销路，薄少尉将运到蒙古国的设备做好检验后，就从最原始的上门推销做起，又尝试在报纸上登广告，利用在乌兰巴托刚刚兴起的网络营销，来尽可能扩大自己产品的知名度。

客户对新设备的了解全然空白，他只能一户接一户登门拜访，展示介绍，再手把手演示试用。"最重要的是要把设备的效果演示出来，客户发现有不同，就能慢慢建立合作。"

得益于对比明显的信息差和地域差，在熬过开拓期几年的积累阶段后，薄少尉在乌兰巴托的网络工程事业终于收获了盈利。发展多年后，他的事业实现了从产品销售到工程承包的跨越，公司也从最早自己落脚的出租房，变成了约500平方米带院子的大宅。

一晃而过十五年，在乌兰巴托已经组建了家庭的薄少尉，对蒙古国首都点滴推进的经济变化都看在眼里：在曾经难觅中文翻译的乌兰巴托街头，他和越来越多的同胞擦肩而过；当年门庭冷落的商店里，如今来自日韩和欧美的各式商品供应充足。一切都在变得更多。

一切也都在上涨。物价翻了好几倍，人工成本持续上升。2010年的时候，他给公司员工开的月工资为大概500元人民币；十五年过去，这一数字翻了十倍。房价和地价也在以令人咋舌的速度浮动着。他那500平方米自建的宅院，当年的买地价不过30万元人民币，"现在估计要超过100万了"。

新冠疫情期间，由于来自国内的物流一度中断，薄少尉的网络工程公司三年没有开张。所幸公司有自己的物业，相比当地其他仍然需要交租的中资企业，"抗风险能力更强一点"。

在人员和物资恢复流通的后疫情时代，薄少尉说，时间走过了这些年，自己依然看好蒙古国的发展势头。"不少行业有非常多的商机等待挖掘，相比国内，这里没有那么'卷'，还是'新的'。"

陆港开启新局面

如今的乌兰巴托，围绕着中心区域成吉思汗广场，参差林立着各种现代样式的摩天大楼与上了年份的苏式建筑，逐渐告别了薄少尉第一次来这里所目睹的"非洲"景象。这个资源富饶的内陆大国，正以肉眼可见的速度富裕起来。

在矿产行业的推动下，蒙古国成为全球增长最快的经济体之一，吸引了外资强烈的投资兴趣。14对口岸，顺着两国4700多公里绵延的边界线依次排开。在过去的十余年里，中国已经成为蒙古国最大的贸易伙伴国和投资国。

2014年，蒙古国提出了"草原之路"倡议，包括修建连接中俄的高速公路、电气线路和扩展跨国铁路、天然气管道、石油管道在内的多个项目。

对于步入发展快车道的草原国度来说，一个清晰的战略目标由此显现：通过落实"草原之路"倡议，来发挥自身地处大国之间的地理位置优势，凭借跨境运输贸易来振兴经济，而这也与"一带一路"倡议在东北亚的推进高度契合。

从另一个角度来看，作为一个内陆国，蒙古国只有中、俄两个邻国，正是这一独特的地理位置，决定了它具备与这两个区域内大国发展经贸关系的便利性。

换句话说，积极参与"一带一路"的建设进程，抓住随着中国外向型经济发展而至的机遇，成为蒙古国培育有竞争力的现代产业体系的重要途径。

不过，蒙古国并不满足于充当过境通道，它要充分利用能够为己所用的海港。

2023年11月9日，在开展中蒙班列服务已有30多年历史的天津港，一列装载食品、日用百货和机械配件等货物的班列开出，驶向蒙古国。这是该年度在津发运的整整第600列中蒙班列，也标志着中蒙经贸合作正驶入更深层次的合作水域。

天津港是距离蒙古国最近的海港。对于没有出海口的蒙古国来说，在区域经济一体化发展的进程中，这是对其最为重要的进出口海上通道之一。直到近年，蒙古国经铁路运输的约90%过境货物，都由天津港进行转运。

从这个"中蒙俄经济走廊"东部起点出发，借助天津港广泛的对外联系，往来运抵蒙古国和海外国家的货物，得以安全高效到达。

从蒙古国扎门乌德到中国天津，再到韩国仁川和日本大阪，繁荣的"海铁联运"过境运输业务，使一车车矿产品、手工艺品、食品、汽车和其他生活必需品，惠及更多目的地的民众，凸显着天津港"桥头堡"对于蒙古国加速融入所联通区域经济的重要作用。

2024年1月，来自蒙古国政府的确切消息传出：依托位于蒙古国东戈壁省扎门乌德市的区域物流中心，包括扎门乌德国际陆港在内，该国计划新建8个铁路口岸陆港，来扩大与邻国的贸易规模。对外运输管道的建设日益兴盛，更多如薄少尉一样的华商，还将跨过国门北上，以自身的奋斗故事，汇入中蒙经贸合作的新潮流。

（本文原载于《南风窗》2024年第9期。）

他们在中亚汽车市场创造神话

赵淑荷[*]

外国人爱上中国车

我在小红书上联系到欧德旺,他说可以跟我加微信,但是要付一块钱的咨询费,句末附了一个捂脸偷笑的表情。

我们达成了共识。他通过了我的好友申请,我发出了这个象征契约的一元红包。欧德旺有点不好意思,说他原本是在开玩笑,我说红包真的只有一元,他收下了。

欧德旺以前在外贸行业做光伏板和家庭储能,他有一个重要客户在哈萨克斯坦的阿拉木图。2022年某天,这位大客户跟他说想买一辆中国车。

这原本不在他的业务范围里,"但客户就是上帝对不对?你给我付了一块钱你也是我的上帝,我对你知无不言,所以我的客户有要求,我就得把它办好"。由此,欧德旺开始了解汽车的平行出口。

---

[*] 赵淑荷,媒体人,文化记者。

YouTube用户
@Foxiol

" I'm in love with this car.
Love the design and the overall comfort.
Hope it comes to Spain one day. "

" 我非常喜欢这辆车的设计和极佳的舒适性，
希望以后能出口到西班牙。"

YouTube用户
@mattiasvonmalmborg6633

" I would love to have this car in Europe.
I think it would be a success.
At least for the northern countries,
who love SUVs. "

" 我想在欧洲拥有这台车。
我认为它（如果在欧洲卖）一定会成功。
至少对于喜欢SUV的北方国家来说是这样的。"

／海外网友留言期待中国新能源汽车进欧洲

在天津人大鹏的回忆里，机会是在 2023 年 4 月到来的，那时对国内新能源汽车品牌的询价订单一下子变多。以前大鹏要专门向客户解释"极氪是吉利旗下的"，现在对方订单发过来直接就"要极氪，要理想"，"当时觉得咱们的车是真的走出去了"。

王大卫所在的公司在同样的时间，2023 年 4 月，"入局"了这门眼看着已经鲜花着锦、烈火烹油的热门生意。

天下没有好做的买卖，但风口来的时候除外。

黄河科技学院客座教授张翔向南风窗解释，俄乌战争爆发以后，很多西方车企退出俄罗斯市场，使得当地汽车产业受到重大打击，出现供不应求的局面；而中国与俄罗斯在地理位置上接近，从中国进口汽车，就成了俄罗斯人的优先选择。

从中国的角度来看，中国汽车市场的保有量在增加，车辆在国内消化不了，就产生了去库存的需求。但对于车企来说，哪些车型在国内卖不出去，哪些车型又能在国外找到买家，如此精细的需求，很难有精力与渠道加以区分。这个时候，张翔表示，"就需要经销商来调节，平行出口是一个比较好的选择"。

汽车"倒爷"登上舞台。

除了出口车况较好的下线车、淘汰车、试驾车，大多数车商满足国外需求的主要办法是新车上牌——也就是把零公里车先在程序上变成二手车，再进行出口贸易。

经大鹏介绍，出口一辆二手车的流程大概是这样："把车买过来之后，上个牌再转卖给经销企业，过户之后到车管所做转移登记，进入'待出口'状态。然后我们向商务局提报手续，包括关单、销售发票合同、外商的打款单等等，然后再申请二手车出口的许可证。最后报关，这辆车进入国际运输，出关。我们再把这些手续拿到车管所，对车辆的国内身份进行注销，整套业务就完结了。"

对中亚地区和俄罗斯的市场来说，中国车是外国车，新能源是新兴事物，国外的新车要在当地打开局面。是谁把第一台车运过去的呢？"有授权的海外经销商，或者干脆就是主机厂。"

说起这个，大鹏对国内的汽车从业者很佩服也很感激。"他们看到了市场，先是品牌方在当地进行专业的宣传和营销，然后就是外国的汽车媒体人大范围地测评和讲解。"

虽然新能源车近年来在中国国内的用户数量持续增加，但仍有很多用户不能接受使用一台车之前要先在手机上申请账号，下载应用软件。但是国外用户对传统汽车没有执念，甚至已经不是特别在意续航、性能这些传统参数。

大鹏的经验是，"他们现在就看外观好不好看，有没有电动踏板，有没有后排娱乐。更注重舒适性配置"。

有兴趣，有认可度，就有需求。对俄罗斯和周边中亚国家来说，"便宜好用选择多"已成为中国车的标签。

王大卫的业务主要在阿塞拜疆、明斯克和莫斯科，他表示："我们的中国车，只有国外人不熟悉的，目前还没有他们不喜欢的。"

做了汽车之后，欧德旺砍掉了美妆、光伏板等其他业务，"all in"汽车。他的 TikTok 账号在海外有 140 多万粉丝，对他来说，里面都是财富机会。

暴富是神话，风口是真的

欧德旺第一次尝试把客户要的吉利星越 L 运出去，从购车到运输再到清关，整个过程用了一个多月的时间，最后还亏了 400 多美元。虽然亏了钱，但是在商海里"扑腾"多年的欧德旺，还是敏锐地嗅到了商机：一个蓬勃的市场，正在"一带一路"的沿途兴起。

欧德旺表示，卖一辆车能挣多少钱，主要看经销商自己的资源。如果从 4S 店买车，再卖出去，成本就高；但是如果能对接到一些口岸资源，或者有车企和主机厂的资源，成本就低。因为车出了国，卖价在一

/ 乌兹别克斯坦的汽车市场

段时间内是相对固定的，物流成本也基本公开透明。

欧德旺现在做这一块已经比较成规模。他手里囤了现车，假如有客户说要车，看中了哪一辆，价格谈得爽快，当天就能开走，就像在国内买车一样方便。

国内一些车企在俄罗斯也有官方4S店，欧德旺就跟他们做差异化经营。

按理说消费者都会更信任官方4S店，但是"战斗民族"对车的喜爱包含一种"拆装"的情怀。他们特别喜欢改装车，"条件好一点的家庭都有自己的工具房"。所以欧德旺因地制宜，向他们赠送改装件、平价配件，这是4S店不会提供的服务。

接下来，欧德旺还打算效仿国内的模式，在莫斯科办一个车友会。

2023年11月，来自重庆的汽车从业者肖邦连同自己的合伙人投资人，一起去哈萨克斯坦考察市场。到当地第二天他们就收到了一笔订单，是要国内的理想汽车。肖邦一行人立马把这个订单下回国内，"我人还在哈萨克斯坦的时候，车就已经开始从国内走物流了"。

中亚五国、阿塞拜疆、俄罗斯、白俄罗斯这些国家的汽车市场状况各有不同。

肖邦和合伙人观察到，哈萨克斯坦在中亚来说发展程度比较高，人均汽车保有量高，市场相对成熟，中国人进驻较多。他不愿在这里抢市场，于是转战乌兹别克斯坦。

乌兹别克斯坦被称为"汽车上的国家"，当地百姓特别喜欢车。"他们人均收入可能类比到国内是 1000 块左右的水平，但还是会跟兄弟朋友凑钱弄一辆破车、二手车。"

苏联时期遗留的品牌，比如拉达，车况比较落后，动力和操控不能满足当地需求；而肖邦所在的汽车销售公司，拥有长安、吉利、东风等品牌中相对便宜的车源，能以更亲民的终端售价，满足当地大多数老百姓的换车需求。

与此同时，中国的新能源汽车迅速抢占当地市场，无论是极氪、理想、比亚迪，还是蓝电等稍低端的品牌，在哪里都卖得很好。而且，"你在乌兹是看不到特斯拉的，为什么？因为我们的国产新能源汽车在那里已经有先发优势了"。

"我们就觉得在乌兹大有可为。" 11 月到当地，12 月，公司就在塔什干盘下了一家展厅。整个进程就像按了加速键，而肖邦身处其中，觉得一切都在意料之中、掌握之内。

欧德旺刚到吉尔吉斯斯坦的时候，比什凯克最大的汽车交易市场里，也不过只有三家中国车商在卖中国车，现在已经不同于往日，"100 多家店，到处都是中国人"。

观望市场的汽车从业者吴杰西最近打算下场。他并不认为"穷小子戴上劳力士"的说法是汽车大 V 言过其实的话术："一台车，你打个比方，在中国卖到十几二十万，到俄罗斯折合人民币能卖到 70 万，你还用一个月才戴上劳力士吗？"

"只要有资源有客户，这个事就能做，其实没什么门槛。"

"是国家在给你钱赚"

汽车销售公司所参与的环节,用他们业内的话,叫"做资源"。

肖邦解释,有些公务活动用车、实验用车,车况很好,但是主机厂不能从官方渠道二次售卖这些车源,它们就会流入这样的销售公司手里。

另外的收车渠道是对接"资源公司",比如接收T3、滴滴这些大企业的下线车。这些车还在使用年限内,"不能浪费了"。

"我们跟主机厂和资源公司合作,一拿就是一两千台。"所以他们在"资源"上有很大优势,车源好,价格低。

肖邦和合伙人发现,有很多同行"从我们这里拿车其实是拿去做出口"。他才发现,一些地理位置靠北的车商,特别是山东和东北的,已经开始往国外"倒"车。肖邦感叹道:"他们有地理优势,我们其实落后了。"

在乌兹别克斯坦设立门店开展业务之后,肖邦对当地市场有不少一手观察。"那边有各个地方的车商,山东的、东北的、河北的、西北的,还有我们这样西南地区过去的。"这些车商会形成自己的区块。区块之间会形成竞争,但是在每个地块内,里面的车商会很团结。

"有些中国老板发现当地客户也很聪明,他到处比价。所以对策就是,可能你问的这辆车是好几家老板一起出资的,所以到哪家门店去问,价格都是一样。"对于这种来自国内汽车城的运营智慧,肖邦视为当地汽车经销市场趋于成熟的体现，"不会牺牲利润去取悦市场"。

这段时间，肖邦最大的感触是"一个国家一定要有自己的工业，有技术，有生产"。

在市场兴起的最初粗放阶段，"倒爷"把车开过去，说卖多少钱就是多少钱，40万的车出手轻松翻倍到80万。

"那边的老百姓一辆丰田开十年，开了十多万公里，这种车在国内送人都没人要了，但是到那边同样的车况出手就是8万块。"

肖邦看到了我们过去的影子。"所以我现在特别明白，我们为什么那么强调要发展民族工业。中亚的情况就是倒退20年的中国，以前中国人买车是特别贵的，可是现在越来越容易了，因为我们现在自己有好车。"

国内的新能源汽车正在经历一个不断迭代的快速发展时期。在这个过程当中，会出现很多换车淘汰下来的二手车，这些车还不到报废标准，完全可以输送到欠发达地区。"我们要生产，就一定会有迭代，产能过剩。但是国内的市场已经相对饱和了，没有销量就不能促进车企发展。出口贸易其实是应运而生，国家政策也支持，我们其实碰上了一个比较好的历史时期。"

中亚"倒爷"刚刚冒头的时候，其实就是在靠国家的优惠政策赚钱。

肖邦提道，"有胆子大的直接从比亚迪的4S店里买到全新的车，哪怕没有任何差价，卖出国就有钱赚，因为光吃退税就够了"。

这几年，像肖邦这样的外贸人、汽车从业者，经常会被邀请到重庆当地的经济展会上，直接跟中亚的公司业务负责人甚至相关领导人见面谈合作。肖邦不觉得二手车出口完全是一个"机遇"，它的活跃其实是国家与国家之间经济合作、战略布局的结果，"国家给你组了一个场子，说到底，是国家在给你钱赚"。

江湖崭新，风口不停

市场虽然火热，但这种开放自由的状态，却也难免导向无序。

一个明显的问题是售后。一般来说，民间车商卖出去的车很多是没有售后的。"距离第一批车卖出去也不过一年多两年，车还没到出问题的时候。"这是大多数车商的回答。

大鹏所在的公司对售后的处理一般采取远程的方式，聘用技师对国外用户进行远程指导，如果需要配件，他们会从国内官方4S店拿到正品配件寄出。"有人也说那边（国外）可以过去培训开课什么的，但是我觉得为时尚早，因为其实现在还没有那么多车养得起这些专修新能源（车）的人。"

有人的地方就有竞争。从业者称之为"卷"，卷价格，卷流程，卷服务。

2023年年初，欧德旺卖出一台车的盈利平均可能是3000美元，但是从8月开始，价格一路猛跌。到12月，很多中国车商要赶在年底尽可能早地拿到回款回来过年，几乎以甩卖的方式狠压价格，哪怕赔钱也要售出。

这样一来，市场价格被搅得很混乱，"现在还没回过气来"。

大鹏则表示，外国消费者其实不知道这些车在中国的行情价，一辆车一旦卖出了低于成本的价格，就很难再涨回去。

大鹏的公司操作售车，都是在中国境内完成交割。出海关之前，车的全款就已到手；出关之后，流程转接给境外接货人。

但是，现在很多商人会冒风险，在国外找名义上的接货人，到境外之后继续实际接管，直接通往消费者。这看似是取消中间商压低成本，"但是不仅跟当地的接货人抢活干，也打破了原本的生态链"。

有的车商会"承诺自己做不到的事"。比如，一开始说，把插电式混动的车按新能源汽车报关只需报税 10%，但最后交了 50% 的税。

新能源汽车平行出口的市场，现在看上去更像一个"江湖"。

这里不仅有"穷小子戴上劳力士"的神话，也有弱肉强食，以及"割韭菜的人和被割的韭菜"。这个崭新的江湖有足够的空间，也应得到更多的关注；规则尚未建立，是机会，也是风险。

受访的车商们都认同这个风口还没过去，但是面对接下来进场的玩家，他们都认为，"劳力士"不会被风刮过来，想从中分一杯羹，还是要稳扎稳打，"不能被人忽悠着走"。

除了车商们，这条"一带一路"上的掘金路，也带动了其他产业，比如物流运输，甚至刺激了出口地的经济，为伙伴国家带去了更多的就业岗位。

2024 年年初，乌兹别克斯坦总统沙夫卡特·米尔济约耶夫率代表团访华，专门参观了比亚迪总部，观看了刀片电池的针刺实验、仰望U8的原地掉头功能演示。

在乌兹别克斯坦的吉扎克州，比亚迪与当地本土汽车制造商UzAuto合资设厂，初期生产两款畅销车型"驱逐舰"和"宋"及相关零部件，规划年产能达5万台。中亚市场会给国内新能源汽车生产带来哪些变化，值得期待。

风还在继续吹，路上的人一刻不停。

（应受访者要求，文中欧德旺、大鹏、王大卫、肖邦、吴杰西均为化名）

（本文原载于《南风窗》2024年第6期，图片由受访者提供。）

中东，是沙漠也是绿洲

曹宾玲[*]

每次走出大楼，被40多度热浪淹没的时候，林楷都会暗恼，为何当初放着新加坡的岗位录用通知不接，偏要跑来酷热的中东受苦。

但后悔只是闪现一下，他很快就收拾好心情，重新奔赴工作。

林楷原本是一名风险投资人，年近三十，工作突然从投项目变成了投简历，好不容易盼来新加坡的机会，也是卷一口饭吃而已。

中东则不一样。他发现，迪拜每年风险投资量只有二十几亿美金，与当地辐射的人口量级相去甚远，至少还有几十倍的增量空间。

这趟出海，可能是他最后一次实现阶级跃升的机会了。

不想错过的不止林楷一人，本文涉及的淘金客，上至手持几百万美金的大老板，下至赤手空拳的中小创业者和打工人，无不患有FoMo（Fear of Missing Out，错失恐惧）。

过去20年，房地产和互联网"两趟列车"呼啸而过，他们有的人被甩下了，有的人根本没上过车。眼前的出海大潮，说什么也要紧紧抓住。

而纵观全球，没有哪一个区域像今日的中东一样，拥有如此强劲的实力和史无前例的发展机遇。

---

[*] 曹宾玲，"表外表里"微信公众号主编。

哪怕那里已经遍地都是人，"淘金客"们依然前赴后继地飞去，他们也怕内卷，但更怕自己跑得不够快。

再不去就晚了

"阿俪，下个月刘总他们到沙特，你一定要好好接待……"电话那头的父亲又一次念叨起考察团的事情，肖俪感觉自己的耳朵都听起茧子了。

2023年她刚到沙特的时候，家人们三句不离"瞎折腾""找罪受"。如今口风大反转，她不仅成了敢闯敢做的代表，还成了帮家里生意牵线搭桥的顶梁柱。

两极反转的态度，愈发让她感受到了中东淘金潮的躁动。

肖俪就职于利雅得一家企业服务咨询公司，她的岗位是专门为大量涌入的中国客户而设立的，任务之一是在国内社交平台上捕捉"淘金客"。2024年以来，账号粉丝量涨了十几倍。

入职半年多，她已经接洽了700多位来自国内的老板，包括工程基建、日用品贸易、互联网科技等多个领域，几乎每位老板都要求加急、加快办手续。

她很能理解老板们急迫的心情。以工程承包为例，国内的包工头等回款等到海枯石烂，中东业主却可以做到月付，甚至是周付。

"豪"还只是一方面。登上王国中心俯瞰利雅得，会发现沙特这个超级石油大国的首都，除了市中心有几栋高楼大厦，大部分建筑仍是土

/ 俯瞰利雅得

黄色的 3 至 8 层小楼，像极了 20 世纪 90 年代的中国。

自 2023 年允许外资投资房地产以后，这片土地的房价已经翻了一倍。这是沙特"2030 愿景"的造梦能力，而 2030 应该只是一个起点，老板们当然会急着入场占坑。

肖俪接触的老板里，近一半都是国内房地产行业下行后，转去中东搞工程基建的，还有 5 位老板直接在中东做起了酒店生意。

"酒旅也是政府重点扶持的领域。"肖俪介绍，2023—2030 年，沙特酒店行业预计会以超过 12% 的复合年增长率狂奔，2030 年世博会、2034 年世界杯等重大活动、赛事还将送来巨大的财富机会。

一位酒店老板对她透露，自己向沙特本地银行贷款，能贷 70% 以上的资金，利率低至与国内小微企业贷款同一水平。

"这是值得投入 10 年时间去深耕的市场。"那位老板的话让肖俪印象深刻。

大变革的不仅是沙特，为了减轻对石油经济的依赖，中东多国都推出了国家愿景或发展计划，阿拉伯世界脱下了厚重的罩袍，加入了现代经济游戏。

在阿联酋做面膜生意的 Kary，也感觉到了春风拂面。

10 年前，她刚到迪拜的时候，发现自己买不到一张心仪的面膜。但彼时欧美大牌和日韩白牌几乎霸占了整个面膜市场，女性们也不像今日这样爱美、开放，所以她并没有萌发创业的念头。

但 10 年后，她发现自己还是买不到功效、价格都合适的面膜。而随着阿拉伯社会风气的转变，街头上不戴头巾、妆容精致的年轻女性越来越多。

她去做了一番市场调研，越看心跳越快：迪拜某美妆平台，半年内业绩增长 500%；刷 ins 的话，每隔一段时间就会发现十几个新创立的美妆品牌。

"再不行动就晚了。"Kary 说，她准备自创一个面膜品牌，加入捞金大军。

同样火急火燎押注中东的，还有在阿曼卖灯具的李沧。

当地凌晨十二点，街上已经一派漆黑寂静，他和员工还在忙碌，一箱箱往店里搬产品，想让门店早日开业。

阿曼人口不足 500 万，居民收入也不高，而此前已有多家中国灯具品牌随着基建大队进入阿曼市场，晚一天开业机会就少一点。

虽然有压力，但李沧信心不减："在国内，灯具行业几乎是饱和竞争，新人可能连糊口都难，在阿曼还是能挣到一些钱的。"

他决定创业前，观察过几个同行在中东的业绩，发现他们月流水还能做到百万级别，算上汇率差，毛利比国内翻了几倍，自己勤快点应该能分到一杯羹。

然而，中东虽然遍地黄金，想要捞到真金也不容易。

刚起步也意味着贫瘠

Kary 没想到，自己走遍阿联酋，找不到一家可以生产面膜的工厂。

在国内，面膜纸、给面膜加精华、打印包装等产业链早已成为"基础设施"，而在起步晚的中东，仍是一厂难寻。

她本想在迪拜本地生产，以节约物流费用，最后不得不忍痛回国寻找供应商。

好在中东人追求高价、高品质，Kary 的品牌售价可以定在比欧美大牌便宜 30%、比日韩白牌贵 30% 的区间，扣除海运和工厂成本，还有不少利润空间。

然而，在一个未成熟的市场里，问题往往不会单独出现。

按断不知第几个无人接听的电话，Kary 急得直跺脚。再过两天面膜就要上架了，在这个节骨眼上，仓库对接的劳工却失联了，她的货物不得不滞留在港口。

但她毫无办法，中东劳工的整体素质都处在较低的水平。

在中东，本地人几乎不从事服务行业，蓝领工作主要由来自印度、巴基斯坦、孟加拉国等周边国家的劳工承包。

Kary 说，劳工的月薪换算成人民币只有两三千元，在寸土寸金的迪拜连生存都是问题，所以他们很难像国内的工人一样进化出服务意识。

她推测，那位失联的劳工应该就属于这一类。"60 平方米的房子，他们可以分成 5 个房间住进去 20 人，为了省钱，上白班和夜班的人可以轮流睡一张床。"

在这种背景下，她也不好勉强劳工随叫随到，只能咬咬牙，换了个收费更高、服务更好的仓库。

不依赖劳工的 Kary 都如此困扰，在迪拜外卖平台工作的杨妮，业务开展的困难程度可想而知。

"怎么外卖点了两小时还没送到？饭点都过了！"用户在电话那头咆哮，杨妮在这头连声道歉，手指不忘打开后台安排退款。

在中东地区开展外卖业务，管理团队需要充分尊重当地穆斯林的宗教习俗。

按照伊斯兰教礼拜的习俗，穆斯林每天要做 5 次礼拜，中午 12 点刚好是诵经、祈祷、跪拜的时间。此时，即使配送任务再繁忙，小哥也会暂停工作，转而进入清真寺礼拜。

起初，杨妮曾尝试通过时效考核来协调配送安排，但发现这种方式并不适合当地文化环境。后来团队调整了激励措施：12 点多送一单，额外给予补贴。

这给她们本就困难重重的项目带来了更沉重的压力。虽然中东外卖客单价高达 180 元（国内约 30 元），但消费频率低，外卖业务其实入不敷出，每个月亏损高达 100 万美元。

程苒是金融打工人，她工作中很少接触劳工，同事们都是白领，但她发现，中东的白领也落后了自己好几个段位。

下班时间一到，办公室的同事就哗哗啦啦开始收拾东西，三五成群地往外走，只有程苒还在奋笔疾书，疯狂赶项目进度。

她们最近正在做一个投资并购项目，马上进入倒计时了，可她发现公司居然还没有开始收集资料和做尽职调查。

要知道，在核查过程中，她们可能需要反复多次确认数据，按照经验，至少要提前预留一个月的时间才足够。

如今火烧眉毛了，只有她一个人着急，其他同事还是到点就下班，根本没有意识到自己需要做什么。

"这就是一个刚打开大门的地区，真实的样子。"程苒无奈道。

她接触的项目，大部分仍然是石油行业相关，高新技术、服务业等依然少见。"三大股票市场，上市公司的数量只有几百家，固定收益市场几乎没有。"

缓慢的产业转型速度，导致公司连完善的业务程序都没有。当地工作两三年的员工，不仅没掌握基础的数据分析技能，有些人甚至连财务报表都看不明白。

"国内实习生来了,都能碾压这些人。"程苒开玩笑道。

但她并不后悔来到中东。她记得面试时,面试官曾说过,行业在当地的增速,连续 3 年都在 30% 以上。

"放眼全球,都很难找到这样惊人的增速了。"程苒说。中东是沙漠,也是一片希望的绿洲。

做不做"赌徒"?

肖俪感觉来中东的老板们有些魔怔了。2024 年中东地区工程核算利润相比巅峰时跌了 8 成左右,然而消息越坏,老板们越是催着她赶快办事。

"利润膝盖斩,也只是赚少一点而已。"她感慨道,这些老板,想在中东卷成红海之前,赚一笔就撤退。

但更多的老板是"赌徒"心态,他们选择重仓中东,赌的是各国的国运。

以酒店为例,沙特高端豪华型客房占比高达 66%,剩下的大多是经济型,中端酒店存在大片空白。肖俪接触的 5 个酒店老板,全部是去利雅得建三星、四星酒店的。

5 人或许称不上多,但放在几百上千万美元的投资门槛面前,已经相当可观。

更何况,这仅是肖俪接触到的数量。同行们服务的中国老板只多不少，加上来自其他国家的淘金客，分羹者之众可想而知。

而利雅得目前的酒店市场体量仍有限。以旅游住宿为例，沙特2023年全年接待游客总人次才刚突破1亿（低于国内端午节的水平），且相当一部分人去的是圣城麦加和麦地那。

也就是说，当地中端酒店已出现"未成熟先内卷"的苗头。在市场成熟的国内都要5年才回本，在中东投资回报可能要等到猴年马月。

而众所周知，中东的地缘环境并不稳定，一旦爆发战争，生意将会功亏一篑。

李沧也深谙这一点，但对他来说，与其操心国际大事，不如先想想当下怎么喂饱自己和员工的肚子。

门店落地后，他为了拼出一条生路，基本什么都卖，灯带、路灯、驱蚊灯等应有尽有，零售、批发也都来者不拒。

那阵子，他不是在铺货、卖货，就是在去拜访客户的路上，无论多小的订单，都会用心对接和服务。靠着一口一口地硬啃，他把门店月流水做到了40万元。

但好景不长，最近他发现不少中东本地老板"学聪明"了，竟然拿着市场上的爆款灯具，直接到中国找源头厂商批发，自己做中间商赚差价。

加上出海的同行也越来越多，转眼之间，他的利润空间就被大大压缩。不久前，有客户找上门要求售后，当初售卖价2块5的产品，如今只卖1块钱。

看到日渐惨淡的业绩，他清晰地感受到，能单打独斗的时期已经过去了，接下来可能是拼资源、拼人脉的阶段，自己必须要去疏通政商关系。

中东虽然大搞改革，但权力壁垒仍比较深厚，能否搭上政府或王子贵族的人脉，决定了生意的天花板能做到多高。

肖俪供职的咨询公司，除了给企业办证，另一大业务就是给客户介绍项目资源。她的贵族老板旗下有200多个家族办公室，涉及60%的海湾国大家族，投资横跨房地产、消费等诸多领域，咨询公司只是老板商业运作的一环。

据她透露，愿意购买这项服务的客户不在少数。"这里是人情社会，有人牵线搭桥很重要，只要一次成功合作，后面就可以靠情感投资撬动更大的机会。"

"阿拉伯人很重视友谊和关系，感情牌打得响亮，不帮忙他们甚至会觉得愧疚；反之，事情就很难办成。"肖俪说。

不过，讲究人情往来，并不意味着可以浑水摸鱼。李沧明显感觉到，中东人没那么好糊弄，想拿到好资源还是得拿出诚意来。

了解政府项目的要求后，他的心头就堵上了一块大石头——此前他做生意，都是一手交钱一手交货的现金模式，但阿曼政府只接受账期模式。

这本来没有什么稀奇的。当地做生意都是先支付30%定金，做好之后付50%，剩下20%等产品的保质期结束了再给。

然而政府项目更优质，又不乏觊觎者，往往连定金都不会支付。这意味李沧如果想要做大生意，不仅前期需要大手笔投入，质量也得绝对过关。

要不要"赌"一发大的？李沧很犹豫。但他回头一看，自己好像也没有更好的选择。

（本文原载于"表外表里"微信公众号，首发于 2024 年 7 月 14 日。）

在新西兰做快乐的果园日结工

饶鑫　杨雨蒙[*]

赶在南半球的樱桃季结束之前，谢阿金在流水线上跟工友一起挑了1485吨樱桃。

伴随着车间里的动感音乐，户外工人摘下的樱桃随着水管里的冰水一起流过来，谢阿金要把有伤口的、没樱桃梗的、有擦伤的和屁股开花的果子挑出，然后等着下游工友装箱、贴标、出口。冻樱桃的水很冷，就算是戴着手套还是会感受到那股寒意。

最近，应届生探索各类"轻体力活工作"的讨论越来越多，好像突然大家都开始尝试换一种活法，主动或被动地逃离那些被社会定义的"好工作"。

在人生的十字路口，2000年出生的谢阿金决定从上海一家咨询公司离职，背起自己的行囊，带着买完机票只剩8000元的存款前往新西兰。

以下内容根据她的讲述整理。

奥克兰，我的新手村

我是9月份到的，刚好是奥克兰的春天。天气非常冷，刮风又下

---

[*] 饶鑫，"十点人物志"记者。杨雨蒙，"十点人物志"主编。

/ 正在被清洗的樱桃

雨,过会儿可能又出太阳,是多变的海岛天气。我在一个孟加拉人的沙发上睡了十几天,接着就感冒了。

当沙发客最好的地方就是可以节省住宿费,碰上好的人还会带着你到处去玩,是一个交友性质很强的行为。

奥克兰的街道看着就很乱,因为银行卡和税号迟迟没有办下来,我在皇后街上来来回回走了很多遍,很像我们打游戏刚进新手村,总是围着一个任务反复做。

我的经济状况很窘迫,人民币在新西兰太不经花了。市中心的青年旅社60新西兰元(简称"新元")一晚,吃饭可能花50新元,相当于一天600多元人民币就没了。我在上海工作半年也没存下多少钱,除了8000元的存款,爸妈又给了我2万元应急,但我还是不敢随便花,只期待手续快点办好，我就可以开始工作了。

我一直有个厨师梦。朋友告诉我商业街上很多咖啡店、餐厅都有招工需求，我去图书馆打印了 50 份简历，最后发出去十几份，却从来没有收到任何电话或邮件。直到沙发主告诉我，在新西兰找工作，有熟人介绍或者有车会更方便一些。前者，我很快就感受到了。

听说东海岸的城市陶朗加有更多机会，我便决定去那边看看。在市中心的青旅里，我遇到一位大叔，他在当地一家建筑公司工作，却不知道为什么孤身住在青旅。听说我遇上困难，便主动提出要带我去找工作。

他带我去他朋友开的餐厅，热心地向店长推荐我，说我口语很好，很努力。虽然认识不足两小时，但他成功帮我找到了第一份工作，我如愿以偿成为餐厅帮厨。

这家餐厅只有三个员工，主要是做半成品，通过线上销售，运到相邻的城镇。我负责切菜、备菜和打包：从大锅菜里舀一勺，倒在包装盒里，再放进冷库。虽然基础，但我挺喜欢的。餐厅定位是环球料理，我不但可以吃到各国美食新鲜出炉的第一口，还可以边看边学。

缺点是老板有点小气，按照新西兰最低工资标准发工资，每小时 21.2 新元，有时食材没送来，老板就告诉我今天不用上班了。听上去很美好，但工时不稳定意味着工资也不稳定，我只做了一周就离职了。

回想起在上海工作时的高薪，来到新西兰后，我的收入的确降低了很多。

离开上海

去上海工作是一个偶然。快毕业时，同学们有的考研考编，有的在大公司实习，环境迫使我跟着着急。幸好最后收到了一家上海咨询公司的录用通知。

这家公司在南京西路附近，最繁华的地方，办公楼从外面看上去就非常高级、整洁。可一进办公区就把我吓到了，每个人都在打电话，忙得不可开交。这份工作没有上下班的概念，工作群里消息不断，即使是周六晚上 10 点有需求，我也必须马上回复。

我在近郊租了一个大概 10 平方米的次卧，跟房东老夫妻住在一起。每个月 2700 元的房租，通勤 45 分钟，幸好不用换乘。疫情隔离在家的日子，我每天装作热情洋溢地给客户打电话，打完电话再出去教房东线上买菜、拼团、做核酸。他们常常挑完把自己不吃的菜留给我，我们会因为这件事争执一番。

单调的生活、越来越低的分享欲、自由度为零的工作，这些让我感觉越来越痛苦。我是个热爱游荡的人，心里一直有着去异国他乡体验生活的梦想，而眼前不堪忍受的苟且生活加速了我做下决定——去打工度假。

因为打工度假签证名额有限，需要抽签，抽到之后我才跟父母说要去南半球打工的事情。隔着视频，我妈眼睛一下就红了，我从来没看过她那种表情。我妈妈虽然不愿意，但也没有强硬地阻止我，可我知道她是不理解的。

也许有人说大家工作、结婚、生子都是这么过来的，你怎么就不可以呢？可我为什么不能是逃离规则的人呢？

我的汽车

我得有辆车。这个想法不是突然出现的。

有很多攻略会告诉你，"在新西兰，没车就是没腿"。为了能去工资更高更自由的果园工作，我决定回奥克兰买辆车。

买车的 4600 新元一部分是我打工的存款，还有一部分是之前父母给我应急的钱。逛了好几个车行，最后在私人卖家那里带回灰色的丰田 Wish 时，我兴奋地跟它拍了好几张合照，毕竟是我人生的第一辆车。

我在一个背包客网站上看到了猕猴桃水果小镇正在招人，立马开车去了。新西兰的春天还不是猕猴桃的季节，好在猕猴桃全年都是需要护理的，我赶上的是花季。

我的工作是摘下烂掉的、并蒂的花苞，确保一个长枝上只留 3—4 个最好的花苞，最后结出的果实个儿大、养分足。

只要天气好，果园一周 7 天都可以上班。果园的工作时间是从早上九点到下午四五点，上午下午各有 15 分钟的带薪休息时间。工资是每小时 24.5 新元（约 100 元人民币），如果加上其余工时福利，每周税后基本可以破千元。

在果园，我第一次知道猕猴桃树是分公母的，只有公树的粉授到母树上才能结出好果子。所以每到花季，工厂会空运蜜蜂过来授粉。每个猕猴桃棚的起点放着两个蜂箱，蜜蜂就从你耳边飞过，摘花苞的时候手指还会碰到它们。

猕猴桃小镇上所有的果园被三家包装厂承包了，出口的果子会被贴上一个果标，标签的费用会被计入成本。亲身体验过生产过程后，我也理解了国内进口水果昂贵的原因。工作结束后，我给家里也买了一箱，希望他们能感受到我的劳动成果。

有了车，住宿的问题也解决了。在果园打工睡车里能省下很大一笔费用。睡觉前，我把车后面两排座位全都放倒，做成一个平面，接着把充气床垫放上面就可以直接睡了。虽说有几个晚上被冷醒，但新西兰的夏天也很快就来了。

这边房车文化很流行。后来去樱桃厂工作，遇到一位车间经理，他在世界各地专门干樱桃工作，有一台自己改造的房车，我们常常能听见他在房车厨房里炒菜的声音。

等一天工作结束，我们就去附近的河里游泳，河水是玻璃的颜色。跨年的时候，工友们一起做拉面，开着车去追彩虹。新西兰公路风景很好，道路两旁的草是一片苍茫的黄，远处是雪山，一路上看到四五道彩虹，每一道都是新的。

后来我从猕猴桃果园离职了，没什么特别的原因。在这里，你离职、入职都只要跟老板说一声，留下一周的缓冲期就好。下一家公司不会问你稳定性、职业规划、性格是内向外向这种问题。

/车间经理的房车

可惜我人生中的第一辆车没能陪我多久。

一次我开车去果园干活,急匆匆通过路口时撞上了一辆SUV。下车只见零碎部件掉了一地,车也开始漏油,几乎没法开了。这边修车厂周日都不上班,我等了一个多小时才来了一辆拖车。

我抱着装下我所有行李的大箱子,也不知道接下来要去哪里,感觉一辆那么大的车就此离我而去了。又等了大半个月，只等来车彻底报废的消息。

想象另一种可能

后来我又去了肉厂和樱桃园工作。肉厂车间里面一派工业风，架子桌子都是钢的，质量很好，流水线上每天都有人擦洗，看着比我家碗碟还要干净。

流水线上游有两台电动切割机，把整羊分成大块；中游的刀手会嗖嗖两下把肉沿着骨头削下来，丢到流水线上给下游的我们打包；包好的肉丢到另一条流水线上传送到真空机，装箱打包之后运到冷冻部门，成为可以流通的货物。一块肉在车间不会待超过 30 分钟。

在樱桃果园工作的好处是吃樱桃吃到饱。我负责挑樱桃，总之要保证装到盒子里的樱桃饱满圆润、没有任何瑕疵。下游的经理会检查我们的工作，如果发现不合格品太多，就会来提醒我们需要更认真一些。

樱桃季结束前一周，我们已经包了 1485 吨樱桃。这种没日、没夜、没周末的工时恰好是想攒钱的背包客需要的。但工作结束我立刻给自己放了一个半月的假，很长一段时间都不想再上流水线了。

假期里我去了著名的米尔福德步道徒步，一共 53 公里的旅程，预计要走上 5 天 4 夜。为了减少对环境的破坏，步道开放名额有限，我费了不少力气才抢到这个机会。那几天，我穿越了纯净湖泊、高耸山峰、氤氲瀑布和辽阔山谷。

听人说起多日铁道骑行，我也很想尝试一下。我把行李存在朋友车上，租了一辆单车，只带很少的行李出发了。那几天我每天骑行5至6个小时，大部分时间都是一个人，好像跟干流水线没有什么区别。身边是群山和农场，曾经的故事好像过眼云烟，相比存在了几万年的山、无人的旷野，人太渺小了。

我想，我是不是可以突破各种可能性，不跟随统一的大纲，等到人生电影大结局的时候，站出来说：我活出了自己想要的人生！

（本文原载于"十点人物志"微信公众号。）

哈拉雷的能量

张丽方[*]

2018年11月初，在津巴布韦蓝花楹季节刚结束时，我从南非赴哈拉雷进行田野调研。回来之后，这个曾经的"阳光之城"也成了我在非洲大陆上的又一个关心处。每每遇到初次见面的津巴布韦朋友，无论是在南非的留学生、艺术家，还是街边摆摊卖手工艺品的小贩，我都会在谈话中提到我去过哈拉雷，他们总是带着惊喜、亲切又略带苦涩的笑容，问我印象如何。对这些常常只有一面之缘的朋友，我也回以会心一笑，毫不吝惜地分享我的体验。他们有时会告诉我漂泊异乡的经历，这些故事都会让我再次确认自己的答案："我喜欢哈拉雷的能量。"

在去哈拉雷之前，我很难想象这个城市的样子。脑海中首先浮现的是俯拍的蓝紫色花海、其间若隐若现的小房子和远处的都市高楼，我无法在这样的画面中安插自己听到的描述：堵满人行道的小贩、银行门口等着取50美元限额的长队、大街上进行外汇兑换的"黑市"、通货膨胀、

---

[*] 张丽方，清华大学人文与社科高等研究所博士后研究员。

/ 津巴布韦哈拉雷的蓝花楹大道

居高不下的失业率……如今在关于津巴布韦的新闻报道中，标题也总脱离不开"电荒、油荒、物价慌"。哈拉雷仍然陷于困境之中，甚至形势更加严峻，"能量"这个词显得十分不合时宜。但对于一个城市的感受，归根结底在于人。回想起那短暂行程中见到的人、他们正在做的事、他们为不断崩解的社会所注入的活力，我都毫不怀疑，在这个城市的内核中，有一面是创造力和可能性，是充满感染力的能量。

　　印象最深的自然是麦拜尔和这里的青年。麦拜尔是哈拉雷第一个黑人聚集区，成立于1907年，在哈拉雷东南方向，离市区有20多分钟车程。由于研究对象津巴布韦艺术家莫法特的工作室位于此处，麦拜尔也是我调研过程中最常去的地方。莫法特第一次驱车带我缓缓驶过窄小拥挤、尘土飞扬的小巷时，我不时和窗外嬉戏的孩子们好奇地互相打量。莫法特说："欢迎来到我的街区，真正的哈拉雷。"我这才知道，他那紧挨着一所小学的工作室，原本是闲置的社区礼堂，现在莫法特和一群哈拉雷活跃的青年艺术家就在这里进行创作。工作室的各个角落堆放着他们不同的材料、工具、已经完成和正在创作的作品、瓶盖、旧牙刷、树脂、植物种子、钻孔机、绳子等，电钻声和音乐此起彼伏，夹杂着门外或隔壁校园中孩子们的喧闹声。这些艺术家偶尔还要腾出空间让社区进行公共活动，这时，他们常常坐在门外等候、聊天，或者去收集材料。你很难想象，就是在这样一个只有四壁和屋顶、破旧的、简陋的空间中，一群20—40岁的青年人，不仅克服无法就业造成的生活困境，还通过自己的创造力和世界联结，他们的作品正被国内外艺术馆、画廊、国际展览和艺术博览会的观众称道。

让他们的艺术实践具有特殊意义的，不仅是社区化的工作室，还有一些艺术家社区化的创作方式，莫法特就是其中之一。他的作品常常以商品垃圾为材料，比如电脑键盘、廉价香水的喷头、塑料瓶盖和旧牙刷，这不仅是因为津巴布韦的经济危机让在读大学期间的莫法特不得不从无力购买的传统艺术材料转向随手可得的日常物品，也是他对政府无力处理城市垃圾这一现状以及社会消费文化的主动思考。莫法特早些年常背着大篮子，在街上的垃圾堆中寻找材料，并因此结识了一些依赖捡拾垃圾维持生计的"同行"，在作品受到更多收藏家的青睐之后，他开始和这些人合作。我曾跟随莫法特一起到哈拉雷郊外最大的垃圾场，这里有一群为他在混乱的、茫茫无际的垃圾堆中搜寻艺术材料的人，他们之中有少年、老者和背着幼儿的妇人。莫法特通常会提前告诉他们自己需要的材料，过一段时间之后来取，并按照数量给他们报酬。这次我们一起来取的是旧牙刷，闲聊中，一个女孩告诉我，最厉害的那个青年1小时可以找到8把旧牙刷，大家听到这个数字都放声笑了。莫法特已经和他们合作多年，如果对津巴布韦获得现金的困难程度有所了解，就能够理解他们接过莫法特早早准备好的现金时脸上露出的笑容。我印象最深的一幕是莫法特的一位朋友在手机上向他们展示用这些材料创作的艺术品，在哈拉雷艳阳高照的午后，在臭气熏天、蝇虫纷飞的垃圾堆中，这群男女老少争先恐后地要看照片，他们脸上的光彩与喜悦在半年多后的今天回想起来仍然令人动容。由此我也更加欣赏这群青年艺术家，他们的艺术实践不仅反映津巴布韦的现实，也以直接并且深刻的方式介入了社会进程。

  街区深处的能量还不止这些。通过艺术家朋友，我认识了一些麦拜尔的社会工作者，其中有一位生于斯长于斯的青年，他从南非的约翰内斯堡大学毕业后回到哈拉雷，在艰难维持生计的同时，在街区里成立了为弱势儿童提供学前教育的非政府组织 I AM MBARE TRUST。我参观过他们上课的教室，狭窄简陋，却为这些被边缘化、与社区脱节的孩子提供了一丝温暖和希望。简单轻松的日常也是街区生活的一部分，比如一位文静害羞的女孩会许多种乐器，爱慕她的青年们争相追求，却常常被她的父亲怒斥，以至于不敢上门；我受朋友所托敲门找借口约她，才惊喜地发现她的父亲是一位老音乐教师，热情、亲切；他在街区里教孩子们乐器，普普通通的小房子里摆满了安比拉琴、沙锤等津巴布韦传统乐器，也有电子琴、吉他等。如今，这个没有一个像样杂货店、休闲场所的街区仍然在孕育着许多新的可能性。津巴布韦国家美术馆的视觉艺术与设计学院也位于此处，一些更加年轻、有创造天赋的艺术家正不断从这里走出去。莫法特和建筑师、独立纪录片导演、作家、社会工作者等青年组成的团队向政府申请了麦拜尔中一个废弃的公共休闲空间，他们计划将这个空间打造成街区的文化艺术中心，用创造力改变现实。

　　这样的艺术能量一直以不同的形式传承。坐落于哈拉雷郊外山野间的津巴希特艺术基地由艺术家奇科创立，他对出生于1980年后的"自由一代"艺术家影响极大，被亲切地称为Sekuru Chiko（大意是"奇科大叔"）。这所被树木掩映的木房子原本是他在高校执教时与学生们进行课外交流的场所，之后逐渐发展为包含国际艺术驻留项目、展览、创作、音乐活动的艺术空间。10多年来，哈拉雷的青年艺术家们常常带着作品到此向奇科请教，或直接在这里小住，全身心地投入创作之中。奇科通过和美国的一家画廊合作，每年都会邀请一些艺术家在此驻留，和哈拉雷的艺术家交流。我拜访奇科时，也随他的学生称他Sekuru Chiko。他知识渊博，并且十分和蔼、健谈，短短一个多小时，不仅和我分享他在保加利亚的求学经历、津巴希特的创建过程，还向我介绍了不同艺术家留在此处的作品。在某种程度上，津巴希特也是一个传承传统文化的"社区"，院子里有艺术家建造的传统茅屋，有表演传统音乐的天然的岩石舞台，奇科不仅为青年艺术家们提供平台，也和周围村落

／ 笔者和艺术家在其工作室

的人共享这一空间。他带我参观院子时，有人正在烧火煮食物，他们以传统礼仪问候奇科，和我一起到此拜访的两位青年，见到奇科后也一改往常，重视自己的言谈举止，眼中满是对长者的恭敬与尊重。我隔日拜访的另一位艺术家塔普夫马，移居到郊外的小镇之前在哈拉雷的工作室也是青年艺术家的聚集地。我大胆地推测这些"艺术社区"存留着传统村落的集体主义精神，这也是非洲文化活力的体现，在21世纪的今天，以其"现代模式"在共享与传承中推动着津巴布韦当代艺术发展。

为我这次行程提供莫大帮助的赵科先生，则让我感受到了哈拉雷华人群体的能量。从1996年到津巴布韦创业，赵科先生未曾离开这片土地。作为一名文化艺术爱好者,他不仅收藏石雕、油画作品,支持当地艺术发展,还从 2014 年开始举办津巴布韦"梦想秀",为有音乐天赋的青年提供公益性的才艺选秀平台,并支持他们进行演出、音乐制作及发行活动等。赵科先生创建了一个音乐基地,配置了哈拉雷较好的音乐设备,还聘请了津巴布韦较受欢迎的音乐人作为项目总监。这些热爱音乐的青年人从早到晚都在这儿彩排、创作、交流,看到他们围着刚到公司的赵科先生急切地分享新的作品、新的想法,我也被这份快乐感染。赵科先生常和我说起当地文化对他的影响,还有他对这个城市的归属感、对这个国家发展的乐观看法,这些都丰富了我对津巴布韦以及中非关系的认识,改变了我因充斥媒体的负面报道而形成的刻板印象。更重要的是,他的行动使他所说的话掷地有声,深刻地影响我对哈拉雷这个城市的感觉。我也与赵科先生分享我的所见所闻,并在行程结束之前促成了一顿晚餐。赵科先生、朱科先生、"梦想秀"的音乐总监还有几位哈拉雷的青年艺术家、社会工作者促膝长谈,这些初次见面但同样热爱这个城市的人分享着彼此正在实现或者尚未实现的想法,约定以后进行合作。柔和的灯光笼罩着整个夜晚,每个人似乎都在期待着未来。

  我所在的这个南非小镇,也有许多不得不背井离乡谋求生计的津巴布韦青年。其中一位来自哈拉雷的艺术家与我在同一团队,他的坚定、努力、乐观潜移默化地影响着我的生活态度。我调研刚回来时激动地和他说起哈拉雷,说起我去过的地方,说起在荒僻的道路上都能见到背着书包穿着整齐校服的孩子们，说起标价为 5 美元一包的乐事薯片。"非常艰难。"他回想那些没有公共交通工具、晚餐只能吃到主食的日子，那时他正在学艺术。听到我说喜欢哈拉雷的能量时，他会心地点了点头："是啊，哈拉雷，总有故事在发生。"